KB265840

제국의 군인

제국의 군인 5

요람 퓨전 판타지 소설

초판 1쇄 찍은 날 § 2012년 8월 13일
초판 1쇄 펴낸 날 § 2012년 8월 20일

지은이 § 요람
펴낸이 § 서경석

편집부장 § 권태완
편집책임 § 주소영

펴낸곳 § 도서출판 청어람
등록번호 § 제1081-1-89호
등록일자 § 1999. 5. 31
어람번호 § 제1-1440호

주소 § 경기도 부천시 원미구 심곡2동 163-2 서경B/D 3F (우) 420—822
전화 § 032-656-4452 팩스 § 032-656-4453
http://www.chungeoram.com
E-mail § chungeorambook@daum.net

ⓒ 요람, 2012

ISBN 978-89-251-2971-6 04810
ISBN 978-89-251-2875-7 (세트)

제국의 군인

5

[완결]

요람 퓨전 판타지 소설

도서출판 청어람

Soldier of

FANTASY FRONTIER SPIRIT

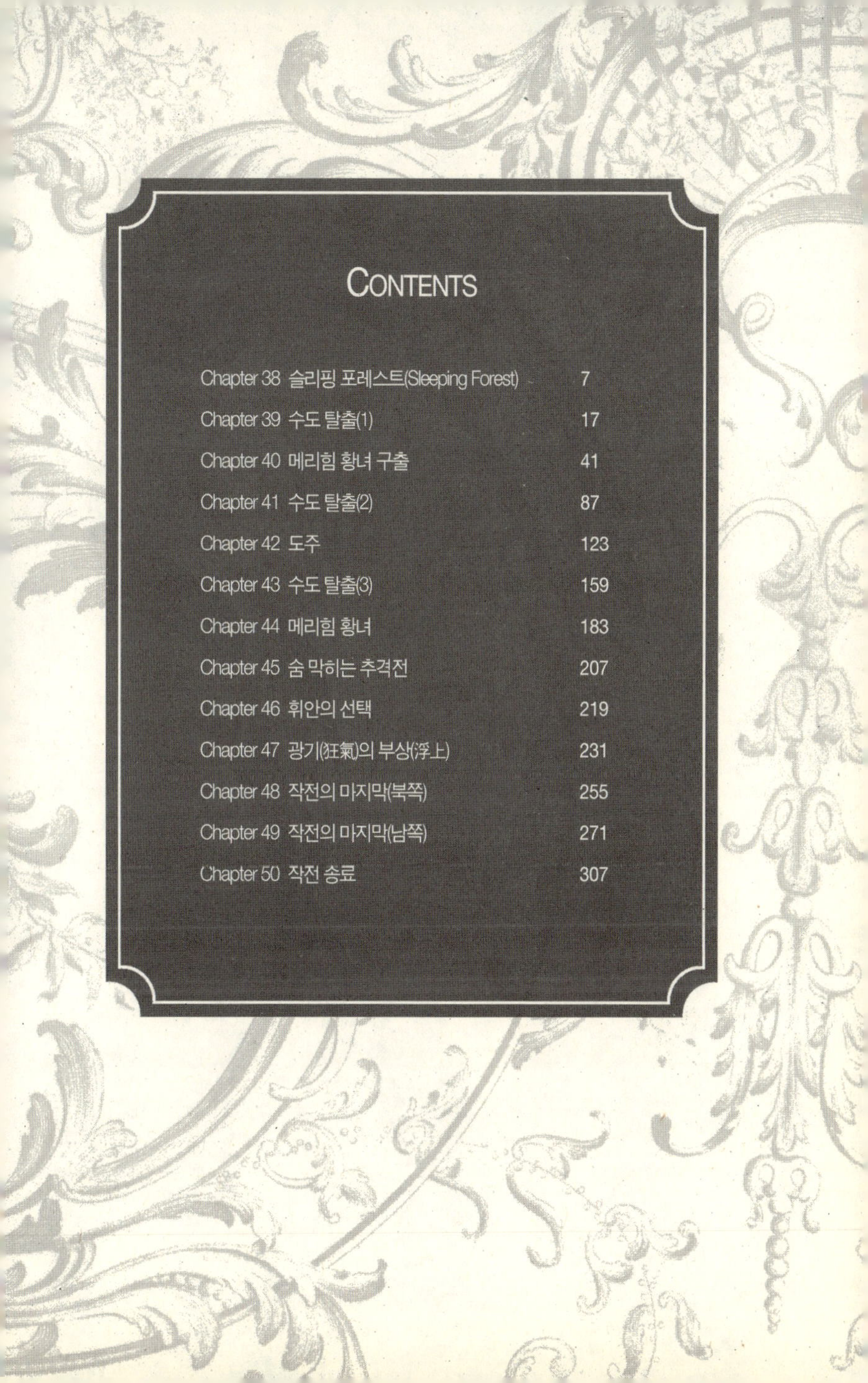

CONTENTS

제38장
슬리핑 포레스트(Sleeping Forest)

제국의 군인
Soldier of EMPIRE

슬리핑 포레스트.

그곳은 금지다.

발을 들여놔서는 안 되는 곳으로 대륙 전체에서도 손꼽힌
다. 그리고 그런 곳이 몇 군데 있다.

대사막.

암초의 바다.

그리고 쌍둥이산.

이 세 곳은 각각 발록 대사막, 킬링 해협, 그리고 트롤산이
라고 불린다.

발록 대사막은 이름에서도 알 수 있듯이 당연히 열사(熱砂)

의 땅이다. 뜨거운 햇볕이 멈추지 않고 내리쬐는 곳.

그리고 그 햇빛을 머금은 모래는 사람을 쪄 죽일 열기를 피워낸다.

제국 북서 끝으로 산맥 하나를 넘어 그 뒤로 이어지는 열사의 사막은 사람들의 발길을 거부한다. 물론 이 정도가 다였다면 금지(禁地)로 불릴 이유가 없다.

그곳엔 몬스터가 산다.

샤벨 타이거, 그리고 오우거에 필적하는 몬스터가.

그레이트 웜(Great Worm).

규격 이상으로 큰 땅벌레를 말한다.

성충(成蟲)의 크기가 약 20여 미터에 달하는 거대한 벌레의 모양을 한 몬스터다. 모래 속에서 살며 열사의 대지에 적응한 동식물을 잡아먹는 잡식성 몬스터다.

거대한 벌레라고 움직임이 느릴 거라 생각하면 오산이다.

몸을 꿈틀거려 이동하는 그 속도는 웬만한 말에 필적할 만큼 빠르다. 하지만 말은 열사의 땅으로 들어오지 못한다.

결국 사막에 적응하는 다른 동물을 이용해야 하는데 그 동물은 결코 말보다 빠를 수가 없었다.

인간은?

말보다 느린 인간은 절대로 도주 불가능하다. 혹시 날개라도 달려 있다면 모를까.

결국 그레이트 웜은 사냥 불가능의 벌레, 몬스터로 규정됐다. 그래서 그 누구도 이곳으로 들어서지 못했다.

또한 이곳으로 들어서서 얻는 이득 자체도 적다. 간혹 용기 있는 자들이, 아니면 모험가로서 만용을 부리는 자들이 이곳 열사의 대지 발록 대사막으로 들어서지만 그들은 그 누구도 돌아오지 못했다.

그래서 대륙의 모든 국가가 정한 금지(禁地).

이곳이 발록 대사막.

그리고 앞에 설명한 다른 금지가 더 있다.

바로 킬링 해협.

해협(海峽)이라는 말에서 알 수 있듯이 이곳은 바다다. 악시온 제국 수도를 기준으로 발바롯사 제국으로 가는 항로에 위치한 금지다.

바다인데 왜 금지냐.

혹시 여기도 몬스터가 있나?

아니다.

이곳은 몬스터 대신 다른 게 있다.

바로 암초(暗礁).

암초란 물속에 숨어 있는 바위를 말한다. 그리고 이 암초가 킬링 해협 곳곳에 있는데 그 개수가 파악이 불가능하다.

어디로 가든 이 암초에 부딪힌다.

좌로 키를 돌려도, 우로 키를 돌려도, 어느 쪽으로 선회(旋回)를 하든 무조건 부딪히게 되어 있는 이곳 암초.

이곳에 들어선 배는 절대로 이 암초 지역을 벗어나지 못한
다.

구조선? 구명보트? 꿈도 못 꾼다.

이곳이 금지로 정해진 결정적인 이유는 바로 암초 지역에
대규모로 서식하는 상어 집단이다. 물 위의 모든 것을 공격하
는 상어 집단 말이다.

배는 당연히 나무로 만들어지고, 상어는 그 나무판 따윈 몸
통 부딪치기와 물어뜯기로 그대로 침수로 이어지게 만든다.

그럼 어떻게 될까?

배는 침몰하고, 사람은 모조리 상어 밥이 된다.

상어는 몬스터는 아니지만 그 흉포함은 익히 모든 바닷사
람이 안다.

그래서 이곳이 금지(禁地)다.

살아 나온 사람이, 무사히 빠져나온 배가 전무하기에 금지
다.

세 번째 금지인 트롤산은?

말 그대로다.

몬스터.

샤벨 타이거, 오우거, 그레이트 웜만큼이나 치명적이고 강
력한 몬스터가 산다.

대륙 서쪽 끝.

체르니라는 작은 소국의 정중앙에 있는 쌍둥이 산.

트롤의 가장 큰 특징은 말도 안 되는 재생력(再生力)이다.

샤벨 타이거만큼 빠르지도 않고, 오우거만큼 흉포하며 힘
이 세지도 않고, 그레이트 웜만큼 크진 않지만 트롤은 재생력
과 더불어 위의 세 종류의 몬스터 못지않은 특성을 모두 가지
고 있어 그야말로 대적 불가의 몬스터가 되어버렸다.

그 질긴 피부는 웬만한 창검으로는 흠집조차 내지 못했고,
혹여 명검, 명도로 생채기를 낸다고 해도 곧바로 재생에 들어
간다.

어느 몬스터나 죽이려면 치명적인 부위에 강력한 공격을
선사해야 했다. 하지만 초인의 검으로도 단칼에 목을 베는 건
불가능했다.

이곳이 세 번째 금지다.

그렇다면 슬리핑 포레스트는?

이름에서 알 수 있듯이 이곳은 잠들어 있는 숲이다. 아니,
정확히 설명하자면 '잠재우는' 숲이다.

슬리핑 포레스트에 서식하는 모든 곤충, 벌레, 식물, 나무
까지 전부가 모조리 독을 포함하고 있다.

그 독은 바로 수면독.

그래서 입장이 불가능하다.

수면독에 대비하여 모종의 조치를 취한다고 해도 실수 한
번으로 잠들게 되면 그걸로 인생은 끝난다.

사방팔방, 숲 전체가 뿜어내는 수면독은 그 대상의 수면을

계속해서 이어지게 만들며, 잠들어 있어 영양 섭취가 불가능한 대상은 그대로 아사한다.

아사(餓死).

굶어 죽는다는 뜻이다.

그렇게 죽은 대상은 그대로 숲의 자양분이 된다.

연금술사들이 예전에 수면독에 단단히 대비하고 들어선 적이 있다. 그게 400년 전, 그리고 이곳에 들어서면 왜 잠드는지 이유를 밝혀냈다.

숲 전체가 수면독을 내포하고 있기 때문에. 이게 답이었다. 나뭇잎 하나까지 수면독을 가지고 있었다.

그렇다고 이 숲이 작지도 않았다.

대도시.

수도 알스테르담만큼의 넓이를 자랑하는 숲이었다.

그렇게 비밀을 알아냈지만 연금술사들은 전멸했다.

그들이 준비해 온 해독제가 내성이 생겨 점차 수면독에 대항하는 기간이 짧아졌고, 최초 하루였던 시간이 반나절로 떨어지면서 급속도로 해독제가 먹히지 않는 일이 벌어졌다.

그래서 그들은 모조리 잠들었고, 약 열흘 후 30여 명의 연금술사는 모조리 아사했다.

이곳은 그래서 날짐승, 들짐승, 모든 짐승과 조류의 서식이 불가능했다. 오직 독을 함유한 벌레, 곤충, 식물, 나무만 서식이 가능했다.

그 사건 이후 대륙은 정했다.

이곳도 금지라고.

아, 참고로 대륙에 떠도는 수면독은 대부분 이곳에서 나온다. 숲 외곽에서 식물만 채취해서 만들면 되니까.

다만 숲 중앙 쪽에 위치한 식물, 벌레, 곤충 등에게서 채취한 독은 없다. 그 독은 강력하지만 들어서면 한 번의 실수로 죽으니까.

그런 곳이 바로 슬리핑 포레스트.

이런 곳에 황녀가 유폐되어 있었다.

그리고 휘안을 비롯한 예나체리, 빅터, 그리터가 지금 이곳으로 들어섰다.

목숨을 걸고서.

제39장
수 도 탈 출 (1)

제국의 군인
Soldier of EMPIRE

현재 시각 13:50.

황궁의 벽을 넘어 건물에 숨어 은밀히 이동하는 인영이 있었다. 누군지 볼 것도 없이 예나차인이다.

은밀하고 신중하게 움직인 예나차인은 곧 황녀가 유폐되어 있던 건물에 도착했다. 그리고 전과 같은 행동으로 조용히 방에 들어서는 예나차인.

"…왔는가."

"…응."

"그래, 시간이 되었다는 말이지."

"그래. 나갈 시간이 되었어, 엘리자."

조용히 일어서며 말하는 황녀의 말에 예나차인은 조금 굳은 얼굴로 대답했다. 지금은 공석이 아니고 사석이다.

"그는, 그는 지금 이곳에 있는가?"

"휘안 소위? 아니. 메리힘 황녀님을 구하러 가셨지."

"…그렇군. 그곳에 소위가 있군. 걱정하지 않아도 되겠어."

"그래, 걱정하지 않아도 될 거야. 뛰어난 군인으로 보였으니까."

뚜둑, 우두둑.

몸을 움직이기 시작하는 엘리자베스 황녀에게서 거친 소리가 들렸다. 굳은 몸을 풀고 있는 것이다.

요 근래 자주 발작하는 엘리자베스 황녀.

그건 실제로 발작이 일어나서 그러는 게 아니었다. 주기적으로 굳어 있는 몸을 풀기 위해 황녀가 수치를 머금고 연기했기 때문에 일어난 일이다.

발작이란 건 곧 근육의 마비 등을 예로 볼 수 있다.

근육이 마비되려면 수축되어야 하고, 결국 그 모든 행동은 근육에 힘을 넣는 과정으로 볼 수 있다.

그렇게 발작으로 몸을 풀고, 자면서 누워 또 몸을 풀고, 계속해서 몸을 풀어온 황녀.

그렇다고 예전의 몸 상태를 완전히 회복한 건 아니었다. 하지만 어느 정도는 예전 무위(武威)를 펼치는 건 가능할 것이다.

휘릭!

탁!

예나차인이 준비가 끝나 보이는 황녀에게 무언가를 던졌다.

그것은 검(劍).

황녀 엘리자베스.

영광의 기사의 주무기인 검이다.

스르릉.

듣기 좋은 소리를 내며 살짝 검집을 나와 보이는 검면, 그리고 검날.

"좋은 검이군."

"집에 있던 거야. 네가 쓰던 거랑 비슷한 검이니 아마 익숙하기도 할 걸. 손질도 내가 오기 전에 잘해놨고."

"고맙군."

덜컹!

"누, 누구? 아, 아아……!"

벌컥 문을 열고 들어온 하녀 한 명, 그리고 그 뒤로 점차 모습을 하녀들.

최초에 들어온 하녀는 하녀장이었고, 그 뒤는 하녀들이었다.

그런데 왜 이렇게 떨까?

죄라도 지은 사람처럼.

"호오, 하녀장 당신이군. 그때 그랬지, 내 얼굴을 갈아버리고 싶다고. 왜? 내가 너무 아름다워 그랬나? 후후."

"미친년이네."

"아아……."

사시나무 떨 듯 바들바들 떠는 하녀장. 아마 하녀장은 몰랐을 거다. 그때 엘리자베스 황녀의 몸을 닦으며 했던 말을 그녀가 다 듣고 있었다는 것을.

"짜증나. 이씨! 더럽게 예쁘게 생겼네."

"어차피 넌 이제 폐인이니까 내 얼굴이랑 바꿀래?"

"아, 언제까지 하녀장인 내가 이년 몸을 닦아야 하는 거야?"

그 외에도 했던 수많은 혼잣말.

여기엔 그녀가 떠는 이유가 적나라하게 들어 있었다.

정말로 죽어 마땅한 이유다.

스스로 눈을 닫고, 귀를 막고, 입을 봉했지만 아예 못 듣는 건 아니었다. 하녀장이 한 모든 말을 황녀는 들었으면서도 오로지 지금을 위해 참아왔다.

그리고 지금은 참지 않아도 되는 때.

스르룽.

들어갔던 검이 다시금 나왔다.

저벅.

저벅저벅.

몇 걸음 걷는다 싶더니 순간 검광이 번쩍였다.

툭.

"에……?"

팔이 떨어졌다.

툭.

남은 다른 팔이 또 떨어졌다.

"에에……?"

그렇게 팔이 두 개나 떨어졌는데도 하녀장은 무슨 일이 일어났는지 자각하지 못했다. 그러나 곧 자각을 하긴 했다.

뒤에서 들려온 비명 때문에.

"꺄아아아아악!"

하녀들이 지르는 비명에 뒤를 돌아본 하녀장은 손가락질하며 하얗게 질려 비명을 지르는 하녀들을 보았다.

그리고 그 손가락과 시선을 따라가자 바닥에 떨어진 팔 두 개가 보였고, 곧 다시 자신의 팔을 들어봤다.

"……"

"이제 내 몸을 닦을 필요 없다. 아니, 닦고 싶어도 닦을 수 없겠지."

엘리자베스 황녀의 낮은 말을 듣고, 하녀장은 곧이어 세상이 떠나가라 비명을 질렀다.

“꺄아아아아아!”

“시끄럽군.”

그러나 그 비명도 오래가지 못했다.

순간 검광이 그녀의 목을 허공으로 쳐올려 버렸기 때문이다.

엘리자베스 황녀를 능욕한 죄.

크다.

이곳은 하녀궁.

삼황자는 황녀를 이곳에 처박았다.

그것도 가장 반골 기질 강하고 성격 더러운 하녀들만 모아서 일부러.

그 이유는 간단하다.

하녀들이 무례에, 겁 대가리 상실한 짓거리에 황녀가 본색을 보이길 원했기 때문이다. 그러나 그 모진 치욕을 황녀는 온전히 견뎌냈다.

괜히 초인이 아니다.

엘리자베스 황녀는.

“가지.”

“그래, 안내할게.”

뚜벅뚜벅.

하녀궁을 따라 정문으로 나오는 엘리자베스 황녀와 예나 차인. 대체 어떻게 하면 이렇게 당당할 수 있을까?

그 이유는 간단하다.

이제 황녀가 깨어났기 때문이다.

그 시간.

황궁의 곳곳에서.

"불이야! 불!"

"물 가져와! 빨리!"

"건물에 있는 사람들 빨리 대피시키고 불을 진압해!"

"식량 창고에 불이 안 옮겨 붙게 조심해!"

화마(火魔)가 기지개를 켜기 시작했다.

동시에,

휙!

휙휙!

50여 명의 검은 그림자가 곳곳에서 몸을 나타내며 한곳으로 움직이기 시작했다. 시간은 오래 걸리지 않았다.

그들이 황녀 앞에 모습을 나타내기까지.

"누구냐!"

척!

처적!

황녀의 간결한 물음에 선두의 복면인이 부복하고, 뒤이어 49명이 마찬가지로 부복했다.

"황녀님을 뵙습니다."

선두의 남자가 그렇게 말하며 복면을 벗었고, 뒤이어 남은

49명도 복면을 벗었다.

"으음, 엘초이 경."

"지금부터 저희가 모시겠습니다."

엘초이.

풀 네임은 엘초이 E(Earl) 브란케.

직위는 로열 나이트 부단장.

그리고 사사로이는 황녀의 어릴 적 검술 스승.

그게 이 남자의 정체다.

그리고 이 남자를 대륙에선…….

초인이라고 불렀다.

대륙의 50초인 중 일인으로 '강철의 엘초이' 라고.

"부탁하지."

"네."

스륵.

50인이 일어서고, 곧 황녀를 중심으로 강력한 방어진을 형성한 채 천천히 황궁의 북문으로 이동했다.

50인의 기사.

그리고 엘리자베스 황녀, 예나차인.

이렇게 단 52명이다.

하지만 52인이 뿜어내는 기도치고는 너무나 무겁다. 막강한 기세. 전투 의지가 하늘을 찢을 듯이 피어올랐다.

선두의 엘초이 경.

중심에 엘리자베스 황녀.

이 두 명이 초인이다 보니 그렇다.

보무도 당당하게 북문의 입구로 움직이는 엘리자베스 황녀. 하지만 역시 쉽게 도착하진 못했다.

그들의 길을 막는 일단의 무리.

푸른색 갑주.

그 푸른색 갑주의 오른쪽 심장엔 창과 방패가 교차해 그려져 있다.

수도기사단.

그리고 수도기사단장 엘리엄 경.

'강철을 베어내는 자'.

다른 말로는 '웨폰 브레이커'.

역시나 초인이다.

"역시… 연기셨습니까?"

"그렇다."

그 대답에 엘리엄 경의 얼굴이 잔뜩 찌푸려졌다. 위쪽을 통해 듣긴 했다. 어쩌면 황녀의 지금 모습이 거짓일 수 있다고.

하지만 그 말을 들은 엘리엄 경은 그럴 리 없다고 생각했다.

작년 노스 평원에서 황녀가 피를 토하며 쓰러지던, 그리고 정신을 잃고 눈을 떴을 땐 폐인이 된 모습을 옆에서 직접 봤기 때문이다.

그래서 믿지 않았지만 사실이었다.

황녀는 정상이었다.

초췌한 모습은 그대로지만, 두 눈에서는 화르르 타오르는 절제된 불꽃을 엿볼 수 있었다. 받은 수모와 분노, 복수심을 촉매로 타오르는 그 푸른 불꽃을.

하지만 자신은 이미 삼황자파.

자신의 임무를 수행해야 했다.

"가실 수 없으십니다."

수도기사단을 이끄는 엘리엄 단장의 말이다.

"경도 그의 수족이 됐는가?"

평온한 표정이다.

엘리자베스의 얼굴은.

그리고 말투조차 평온했다. 마치 이미 예상했다는 듯이.

"대세를 따랐을 뿐입니다."

"대세라……. 나는 대세가 아니었는가?"

엘리자베스 황녀는 물었다.

나는,

나는 대세가 아니었냐고.

"황태자께서 돌아가신 그날부터 이미 대세는 정해졌습니다. 그건 엘리자베스 황녀님께서 더 잘 아실 터. 모든 건 이황녀님의 잘못입니다."

"내 잘못이라……. 검을 추구한 게 죄라는 거군. 그렇군.

그래, 좋다. 그럼 경은 지금 나의 앞을 막았다. 각오는 되어 있는가?"

피식.

감히 건방지게 황녀의 말에 웃었다.

각오가 되어 있느냐는 말에.

"각오는…… 황녀님께서 하셔야 할 겁니다."

"훗, 그런가? 내가 해야 하는가? 하지만 틀렸다. 경은 아직 나를 잘 모른다. 내가 누군지."

"알고 있습니다. 영광의 기사, 엘리자베스 E 알스테르담 이황녀님."

"후후, 겨우 그게 끝이라 보는가? 내가 그날 그렇게 당했다고 나를 무시하는 건가? 이 나를? 경은 나서라. 내가, 이 엘리자베스가 가진 검을 보여주마."

황녀가 천천히 앞으로 나섰다.

스르릉.

예나차인에게 받은 검을 천천히 뽑으면서.

"저도 찬란한 영광의 기사의 검을 보고 싶으나… 명령이 있는지라."

그렇게 말하며 엘리엄 경은 앞으로 나서는 대신 손을 들어 올렸다.

근데 왜 이렇게 지체하고 있을까.

탈출을 하려면 빠르게 도망쳐야 하건만.

하지만 이 모든 건 길버트 중장의 계산.

도주전에서는 가장 위험한 적부터 제거한다.

그 일순위가 바로 수도기사단.

길버트 중장은 여기서, 이 첫 번째 전투에서 수도기사단의 파괴를 바라고 있었다. 그렇기에 엘리자베스 황녀에게 굳이 준비를 시켰고, 로열 나이트 50인을 이곳 사지로 밀어 넣었다.

당장은 피해를 입더라도 나중을 위해서.

보다 수월한 도주를 위해 강력한 기사단을 이곳에서 부숴 버리려 하고 있었다. 엘리자베스 황녀는 하녀궁을 나오는 동안 예나차인에게 길버트 중장의 전언을 들었다.

수도기사단을 궤멸시켜 달라는 전언을.

스웃!

"죽여!"

스르릉!

단체로 검을 뽑는 소리가 황궁의 북문 안쪽 3㎞ 지점에서 들렸다.

순식간에 거리를 좁히며 짓쳐드는 수도기사단.

그 모습에 동시에 검을 뽑아 들며 로열 나이트 50인은 황녀를 중심으로 단단히 뭉쳤다.

"응집!"

응집(凝集).

로열 나이트의 기본 전열이다.

각자 유동적인 보조를 맞추며 대규모 적을 상대할 때 쓰는 전법.

그리고 이들은 로열 나이트.

제국 부동의 1위 기사단이다.

기사단 전체가 모조리 최상급 기사의 실력을 갖춘 무적(無敵)의 기사단. 오직 발바롯사의 정예 중의 정예 철갑기마대만이 이들의 상대라고 불린다.

수도기사단은 이들의 상대가 아니었다.

깡!

까강!

새벽녘에 펼쳐진 전투는 전혀 아름답지 않은 소리와 파괴적인 궤적이 난무했다.

이건 대련이 아닌 전투.

검격 하나가 모조리 급소를 노리고 파고든다.

허리, 머리, 심장, 목.

깡!

까앙!

거친 쇳소리.

아름답지 않다.

전혀 아름답지 않았다.

하지만 이제부터 아름다워질 시간.

“큭!”

푸확!

로열 나이트의 검격이 수도기사단의 심장에 파고들었다. 그리고 그 검이 뽑혀지며 붉디붉은 혈화(血花)가 피어났다.

혈화.

피의 꽃을 말함이다.

이게 아름답다.

하지만 아름답지 않다.

동료의 죽음.

동료의 피를 본 수도기사단의 기도가 확 변했다.

분노가 깃든 것이다.

“큭!”

그리고 그 효과는 바로 나타났다. 수도기사단의 검이 로열 나이트의 기사 한 명의 허벅지에 깊은 상흔(傷痕)을 남겼다.

하지만 상흔을 남긴 대가는 컸다.

“커억……!”

바로 역공에 목을 꿰뚫린 것.

실력 차가 명백하다.

하긴 그럴 수밖에.

황녀를 둘러싸고 보호하는 이들은 다른 누구도 아닌 부동의 1위 기사단.

로열 나이트니까.

그리고 점차 피가 난무하기 시작했다. 이곳저곳에서 로열 나이트의 검이 수도기사단의 사지를 끊어내고, 급소에 틀어박히기 시작했기 때문이다.

"차륜으로 상대해!"

엘리엄 경의 외침에 곧바로 수도기사단의 공격 방식이 바뀌었다.

차륜전(車輪戰).

한 사람을 상대로 여러 사람이 돌아가며 싸우는 걸 뜻한다.

이 전법이 가능하려면 역시 수적인 우세에 있어야 한다. 수도기사단은 몇 명 목숨을 잃었다 하더라도 그 수가 아직 490명에 육박한다.

반대로 로열 나이트는 아직도 50인 그대로.

엘리엄 경은 역시 노련했다.

괜히 단장이 아니었다.

"시간을 끌 작정인가."

싸움을 지켜보던 엘리자베스 황녀의 중얼거림이다. 그녀는 상황을 제대로 파악하고 있었다. 엘리엄 경은 보고를 받고 바로 황녀의 진로를 막았다.

하지만 선두의 엘초이 경을 보고 바로 황녀를 잡는다는 생각을 버렸다.

엘초이 경은 로열 나이트.

그렇다면 곁의 인물들도 당연히 로열 나이트일 것이다. 수도기사단이 아무리 뛰어나도 로열 나이트를 상대할 수는 없다.

그들은 제국 최강.

아니, 대륙에서조차 최강을 달리는 기사단이다.

단 50인이라도 그 파괴력은 어마어마하다.

거기다가 엘초이 경도 초인, 그리고 중앙의 엘리자베스 황녀 또한 초인.

자신의 기사단 전체가 달라붙어도 이길 수 없다는 걸 어렴풋이 짐작했고, 잠시간의 격돌로 그걸 확실히 확인했다.

그렇다면?

차라리 기다린다.

황궁 자체의 병력이 불을 끄는 시간 동안. 이 소식이 다른 곳에도 알려져어서 빨리 지원 병력이 도착하기를.

그게 지금 엘리엄 경의 생각이었다.

그리고 그걸 황녀는 정확히 파악했다.

"평소 웨폰 브레이커가 내 검도 베어낼 수 있는지 궁금했지."

조용한 중얼거림.

그건 곧 황녀의 뜻을 나타냈다.

"엘초이 경!"

"네!"

벼락같은 황녀의 외침에 엘초이 경도 큰 목소리로 대답했다. 전방의 적을 침착하게 막아내면서.

"길을 뚫는다. 선두는 내가. 경은 내 주변을 보좌해라!"

"네! 들었나? 움직여라!"

"네!"

49인의 외침이 어두운 밤하늘을 갈랐다.

그리고 엘리엄 경의 얼굴이 잔뜩 찌푸려졌다.

황녀가 나선다.

아무리 유폐되어 있었다지만 초인이다. 초인.

제국 내에서도 칭송이 자자한.

그래서 영광의 기사(Glory knight)라고 불렸던.

그런 황녀가 직접 나선다.

길이 열리며 황녀의 주변으로 주르륵 늘어서는 로열 나이트.

진형의 변화는 매우 빨랐다.

그리고 열린 그 길 사이로 검을 늘어뜨리고 천천히 걸었다.

초인이 선두에 섰다.

직접 길을 열고 적을 도륙하겠다는 의지를 나타냈다.

"으……."

수도기사단 중 하급기사 하나가 신음 소리를 냈다.

엘리자베스 황녀가 피워내는 막강한 기세에 겁을 집어먹은 것이다. 그리고 뒷걸음질. 한 발, 또 다시 한 발.

그렇게 물러나는 수도기사단의 하급기사.

그리고 그건 전염이 됐다.

모두가 주춤거리며 뒤로 물러나기 시작했다.

피식.

"겨우 이 정도로……."

스윽.

엘리자베스 황녀의 검이 상단으로 치켜세워진다.

뚜벅뚜벅.

한 걸음.

다시 한 걸음.

그리고 다섯 번째 걸음에 황녀는 사라졌다.

스파앗!

퍽!

"어… 크악!"

어둠이라 안 그래도 잘 보이지 않는데 갑자기 사라진 황녀의 모습. 그리고 나타났을 땐 어느새 열 걸음 앞에 수도기사단 하나를 강렬하게 타격하고 난 뒤였다.

날이 아닌 검면으로 타격해서 그 기사의 갑옷을 종잇장처럼 짓뭉개 버렸다. 또한 충격으로 뒤로 붕 떠서 날아가 떨어진 기사.

"쿨럭쿨럭!"

쓰러진 기사의 입에서 피가 사정없이 쏟아졌다.

이미 회생의 가능성이 없다.

　두 눈은 생명을 잃어가는 게 보였고, 흉측하게 일그러진 가슴을 보면 알 수 있듯이 이미 내부 장기는 모조리 터져 나갔다.

“…….”

“…….”

모조리 말문을 잃었다.

압도적인 무력이다.

폐인이었던 게 맞나?

몸을 일 년이 다 되어가도록 쓰지 않았던 게 맞나 싶을 정도로.

황녀가 푸르게 타오르는 눈빛으로 수도기사단을 바라봤다.

그리고 입을 열었다.

“겨우 이 정도로…… 날 막겠다고 한 것인가?”

“으으…….”

그 단 한 마디에 침음까지 흘리는 기사까지 있다. 압도적인 무력, 그리고 파괴력이 보여준 공포다.

“이런 오합지졸 따위로… 날 막겠다고 한 것인가? 그런 것인가, 엘리엄 경?”

“…….”

황녀의 물음이 다시 엘리엄 경에게로 향했다.

그러나 그 물음에 엘리엄 경은 대답하지 못했다.

다만 생각했다.

'내가 맞붙는다면…… 으음!'

자신이 없다.

이게 여자가 보여줄 수 있는 무력일까?

같은 초인이라도 급수는 당연히 있다.

엘리엄 경이 초인 랭크 중 B에서 A 사이라면, 황녀는 S랭크다. 실력의 격차는 월등하게 난다. 그래서 자신감이 사라졌다.

'뼈를 묻겠군.'

황궁 곳곳에서 피어오르는 화마를 한번 둘러보면서 엘리엄 경은 생각했다. 저 정도의 화마면 쉽게 잡히지 않을 것이다.

적어도 한 시간?

아니, 한 시간으로도 부족할지 모른다.

과연 저 화마를 잡는 시간 동안 황녀를 이곳에 묶어놓을 수 있을까?

불가능.

엘리엄 경은 불가능하다고 결정 내렸다.

하지만 그래도 막아야 한다.

자신은 기사.

이미 삼황자에게 충성을 맹세한 기사다.

기사도를 따라,

주군의 명령을 따른다.

순간 다시 엘리자베스 황녀가 움직였다.

스가악!

또 보이지 않았다.

하지만 목 하나가 또 떨어졌다.

꿈틀.

꿈틀꿈틀.

목이 사라진 시체는 갑자기 바동거리기 시작했다. 신경세포가 발악하는 것이다. 죽지 않으려고 마지막 발악을.

휘익!

또 사라진다.

스가악!

또 목이 사라진다.

순식간에 두 넝의 기사의 머리가 땅에 떨어졌나.

공포다.

그리고 공포는 전염되었다.

하지만 그걸 막는 목소리가 있었으니……

"공격! 황녀를 죽여라!"

엘리엄 경의 외침이다!

"으! 으아아악!"

"죽어!"

"이 악녀! 마녀야!"

　수도기사단이 공포에 전염되어 이성을 상실한 모습으로 덤벼들었다. 그리고 그 모습을 보고 황녀는 웃었다.

　"악녀라……. 마녀라……. 그래, 되어주마. 내가 희대의 악녀, 마녀가 되어주마. 모조리… 모조리 참하라!"

　밤하늘을 꿰뚫는 강렬한 외침.

　그 외침에 로열 나이트도 움직였다.

　잔혹한 학살극의 시작이다.

　하지만 이곳은 첫 번째 전장.

　그리고 전장은…….

　아직도 많이 남아 있었다.

제40장
메리힘 황녀 구출
제40장

제국의 군인
Soldier of EMPIRE

숲은 평화로워 보였다.

기이한 식물들은 예쁘고 고아한 모습으로 땅에 뿌리박고 있었고, 나무들은 그 고아한 식물들을 위에서 자상하게 감싸주고 있는 것 같았다.

하지만,

이 꽃들은, 이 식물들은, 이 나무들은 결코 아름답거나 자상하지 않았다.

"기분이……."

꿀꺽.

숲을 전진하면 할수록 휘안은 점점 느끼고 있었다. 온몸을 휘감는 이 기쁜 나쁜 기분, 느낌, 감각 전부를.

뭔가 끈적끈적한 게 공기를 타고 피부에 착 달라붙는 느낌이다. 겉옷은 물론 장갑까지 끼고 피부가 아예 공기 중에 노출되지 않게 했음에도 그런 기분이 느껴졌다.

기분 탓인가?

아니다.

실제로 달라붙고 있었다.

끈적끈적한 수면독이.

다만 그리터가 만든 수면 해독제 가루를 물에 개어 진흙처럼 만들어 피부에 바른 게 해독작용을 제대로 하고 있었기 때문에 그런 느낌이 든 것이다.

확실히…….

"기분 더러워."

이 숲은 겉모습과는 다르게 공기 자체가 다르고 느낌 또한 다르다. 그게 휘안의 감을 마구 자극하고 있었다.

조금씩 무성한 숲을 헤치며 전진하는 휘안.

그 움직임은 정말로 조심스러웠다.

바닥에 납작 엎드려 포복 자세로 전진하고 있었다. 군대에서도 가장 싫어했던 게 포복이다.

철조망을 통과하는 그 포복 훈련은 정말 짜증나기 이를 데 없다.

그때도 갖은 변명으로 빼먹었던 휘안인데 여기서 그걸 다시 하고 있었다.

"시발! 어? 음……."

휘안은 전진하다 말고 잠시 멈추고 신음을 흘렸다.

전방에 시체가 하나 보인다.

하지만 인간의 시체가 아니다. 동물의 사체다.

멋모르고 들어왔다 수면독에 그대로 잠들어 버린 것이다. 저 동물은 이제 죽은 것이나 다름없다.

배를 보니 조금씩 호흡을 하고 있는 게 느껴진다.

하지만 그래도 죽는다.

아사로.

"그리터가 없었으면……."

절대로 불가능했을 거라고 휘안은 생각했다. 그건 확실했다. 그리터가 약초학을 알고 있었기에 다행이지 만약 그렇지 않았다면 이런 방법을 생각해 내지 못했을 거다.

휘안은 계속해서 전진했다.

천천히, 천천히.

그리고 어느 정도 포인트에 도달했을 때 전진을 멈추고 대기했다. 이제부터는 기다림의 시간이다.

그리터가 메리힘 오황녀를 데리고 나오는 그때까지.

"후우……."

나무둥치에 등을 기댄 휘안은 흐르는 땀을 닦으려다 순간 멈칫했다. 닦으면 안 된다. 코팅이 되어 있는 피부를 닦으면

그사이에 그 해독제 코팅이 벗겨질 수도 있다고 그리터에게
들었다.

코팅이 벗겨지면 그곳으로 수면독이 침투, 휘안을 바로 잠
들게 할 것이다.

"좆 될 뻔했네."

현 상황에선 아주 작은 실수 하나가 바로 죽음으로 이어진
다.

등에 소름이 잠시 쫙 돋은 휘안은 곧바로 심호흡에 들어갔
다. 떨어진 체력을 다시 보충하는 일련의 과정이다.

10분 정도 심호흡을 해 호흡을 다스린 휘안은 고개를 들어
하늘을 봤다.

그러나 하늘은 보이지 않았다.

우거진 나뭇가지가 하늘을 전부 가리고 있었다. 보이는 건
사르르 흔들리는 암녹색 하늘이 전부다.

고개를 내린 휘안은 다시 전방을 주시.

이미 야간에 완벽히 적응했다.

어둠 속에서도 웬만한 위치 파악은 전부 되고 있었다.

전방의 나무.

그 옆에 바위.

바위 옆에 자신의 키만 한 관목(灌木).

그리고 그 관목에 달린 열매까지 전부 보였다.

'눈은 확실히 좋아졌어.'

불?

그런 걸 피울 수 있을 리가 없다.

적외선 망원경?

농담도…….

이곳은 망원경도 없다. 그런 과학 기술 자체가 발달하지 않았기 때문이다. 마도기술과 그 마도기술을 뒷받침하는 연금술이 발달한 제국이다.

가장 번창한 알스테르담 제국이 이럴진대 다른 제국이나 왕국엔 바라지도 않는 게 좋다.

하지만 그런 게 없는 대신,

이곳 사람들은 시력(視力)이 좋다.

웬만한 어둠 속은 그냥 살펴보는 게 가능하다.

휘안도 그랬다.

그것도 이런 경험이 많다 보니 다른 사람보다 더 좋았다.

휘안은 눈을 더 몇 번 깜빡여 보고는 다시 전방에서 시선을 거두고 장비를 점검했다.

검, 방패, 그리고 혹시 모를 상황에 대비해 해독제를 몸에 바르기 전에 먹었던 가루 형태의 해독제까지 전부를 천천히 점검했다.

이상이 없나, 있나.

출발 전에 했지만 혹시 모르니 다시 하는 것이다.

검과 방패를 가장 먼저 점검하고, 가루약이 든 가죽 주머니

의 끈을 다시 조여 품에 넣고, 사지를 쭉 뻗은 다음 편한 자세
를 만들었다.

이제부턴 휴식.

시간이, 그리고 그리터가 움직임을 보일 때까지 기다린다.

1분.

10분.

20분.

30분.

눈을 감은 휘안이 인지하지 못하는 시간이 지났다.

그러다 시간이 되었는지…….

숲 속의 공기가 서서히 변하는 느낌이 들었다.

스르륵.

휘안은 천천히 눈을 떴다.

알고 있다.

이런 느낌.

익숙하고 전혀 달갑지 않은 느낌이다.

긴장감.

시위가 팽팽하게 당기는 그런 공기의 팽창과 수축 현상.

결론은 싸움이 일어날 거라는 조짐이다.

"후우, 후우, 후우……."

서서히 숨을 크게 들이마시기 시작하는 휘안. 어쩌면 앞으
로 이렇게 숨을 쉬지 못할지도 모른다. 작전이란 그런 것.

나니까 무조건 살아날 거야.

이런 개념이 통한다면 그건 작전이 아니다.

그냥 소꿉장난이지.

그리고 그 순간,

타앙……!

잠들어 있던 숲이 외부인에 의해 깨어났다.

*   *   *

'시작!'

번쩍!

생각과 동시에 눈을 뜨는 예나체리.

그녀는 바로 그 위치에 서서 검을 천천히 뽑았다.

스르릉.

그 소리는 컸으나, 그렇게 크지 않았다.

미리 기름을 발라 마찰음을 거의 죽여놓아서 소리는 예나
체리의 귀에도 작게 들렸으니까 말이다.

타앙……!

‘이, 이이······!’

공기의 일변을 감지하고 검을 뽑은 예나체리다. 하지만 숲 속의 정적을 찢어발기는 이 소리에는 얼굴이 확 일그러졌다.

지금 이 소리.

무슨 소릴까?

타앙? 혹시 총소리?

맞다.

총소리다.

정확히는 마도 라이플.

정식 명칭 R-TA1.

제국 군부에서도 극비리에 운용하는 마도 라이플 부대만 소지하고 있어야 정상이다. 그런데 그 소리가 여기서 울렸다.

그렇다는 건 역시 군부에도 삼황자파가 있다는 것.

극비리에 마도 라이플을 빼돌렸다는 것.

그리고 그 마도 라이플이 지금 여기에 있다는 것.

이게 예나체리의 얼굴을 일그러지게 만들었다. 결국 군부에도 적이 있다는 소리가 되니까. 군인인 예나체리가 가장 싫어하는 결론이 떨어진 것이다.

그리고 다음 순간,

예나체리의 얼굴이 차갑게 굳었다.

“잡아라! 황녀님이 납치되셨다!”

숲 안쪽에서 외침이 들렸다.

황녀가 누군가에게 납치되었다. 그러니 잡아라.

바로 이런 뜻이 담긴 외침이다.

휘안이라면 아마 저 말을 듣고 분명히 큭큭 하고 웃었을 거다. 그리고 그 다음엔 '개소리하지 마, 시발새끼야!' 하고 호통을 쳤겠지.

하지만 예나체리는 아니다.

"납치라……."

예나체리의 얼굴이 점점 더 차갑게 굳어지기 시작했다.

"누가 누구를… 납치했는데……."

달빛조차 통과하지 못하는 슬리핑 포레스트 안에서의 새벽.

한 여자의 두 눈에 냉기보다 더 차가운 기운이 서리기 시작했다.

사사사삭!

순간 예나체리가 숨어 있던 장소 뒤쪽에서 무언가가 수풀을 헤치며 고속으로 달려왔다. 그건 외침이 일어난 안쪽으로 달려가고 있다는 것을 예나체리는 알았다.

하지만 그 무언가는 가지 못한다.

예나체리가 여기 있는 이유.

그걸 저지하기 위함이다.

스윽.

자리에서 일어난 예나체리.

숙여지는 상체와 동시에 그녀의 종아리, 허벅지에 힘이 들어가고, 발가락이 살짝 오므려지며 그 모아졌던 힘이 분사됐다.

타다다다닷!

예나체리의 돌격.

그리고 돌격은 찌르기의 기본이다.

"윽!"

순식간에 무언가의 격차가 좁혀지며, 그 무언가가 놀란 신음을 내뱉었다. 신음으로 보아 무언가는 사람이었나 보다.

스아악!

은빛 궤적이 직선으로 관통했다.

"컥!"

반응 못한 자.

죽어라.

푸화악!

뽑아 드는 에스터크를 따라서 붉은 피가 어둠 속에서 분수처럼 솟구쳤다. 그리고 그걸 뒷걸음질 한 번으로 피하는 예나체리.

"크르, 크르륵."

목을 두 손으로 잡아 피가 못 나오게 막지만, 이미 뚫린 구멍을 막을 수 있는 방법이란 이 세상에 존재하지 않았다.

그렇게 뚫린 구멍에서 새어 나오는 검붉은 피.

스르륵.

그리고 곧 픽 하고 쓰러졌다.

경련의 시작, 격한 기침, 구멍에서 흘러나오는 피, 풀리는 동공, 필사적으로 목을 틀어막는 행위, 이 모든 게 뜻하는 건 딱 하나다.

아, 이 인간,

곧 죽겠구나.

이거 하나.

예나체리는 차갑게 '시체' 가 되어가는 '인간' 을 바라보다 바로 등을 돌렸다. 이제부터 예나체리의 임무가 시작되는 것이다.

그녀의 첫 번째 임무는 교란(攪亂).

조이는 포위망을 때려 적에게 교란을 주는 게 휘안이 그녀에게 내린 임무다.

한 걸음, 또 한 걸음을 내디딜 때마다 예나체리의 걸음이 빨라졌고, 어느새 그녀는 상체를 숙인 채 빠르게 숲을 향해 내달렸다.

다음 목표를 찾아서.

*　　　*　　　*

타앙……!

"…이런, 시발."

라이플이 격발되며 난 소리에 휘안은 바로 거친 욕설을 내뱉었다. 이 소리, 안 다. 아주 잘 안다.

라이플.

휘안 식으로 설명하자면 딱총이 내는 소리다.

그리고 이 총소리 하나로 휘안은 예나체리가 알아챘던 것 이상으로 더 많은 걸 깨달았다.

'쉽지 않겠어.'

화살도 아니고 라이플이다.

어차피 황녀를 탈취하고 나면 도주는 기본 옵션이다. 이 숲 속에서 산악 전투에 특화된 레인저라고 봐도 무방한 기사들을 상대하는 건 미친 짓이다.

그런데 도주라는 건 뒤에 적을 두고 도망치는 걸 뜻하는데, 그 뒤의 적이 라이플을 가지고 있다.

활도 아니고 라이플을…….

위험도가 극상(極上)으로 올라갔다.

작전의 위험도가.

하지만 그렇다고 포기할 순 없는 노릇.

라이플 격발음이 터졌다는 건 그리터가 움직였다는 것. 그렇다는 건 이미 작전이 시작됐다는 소리다.

사사사사삭!

예나체리가 느꼈던 것과 똑같은 소리가 휘안의 예민한 신경에 포착됐다.

최초의 임무는 휘안도 예나체리와 같다. 몰려오는 적을 제거해 포위망에 구멍을 내는 것이다. 마치 맹수처럼 몸을 웅크리고 있는 휘안.

달려오는 위치는 느낌상 이쪽이다.

완전히 정면은 아니지만 거의 근거리로 포위망을 좁히려 달려오고 있었다. 굉장히 빠른 대처. 하지만 휘안은 이걸 바랐다. 차라리 몰려와 주는 걸.

사사사사삭!

다 왔다. 다 왔어.

휘안은 근처를 지나가는 적에게 그대로 달려들었다.

"윽! 뭐, 뭐냐!"

달려오는 속도를 급격히 늦추는 적이다. 하지만 그래서 공백이 생겼다. 그리고 그 정도의 공백은 휘안에게 보여줘서는 안 되는 공백이고 틈이다.

터엉!

"큭!"

강렬한 방패 차징이 적의 어깨에 틀어박혔다. 그리고 그 공격은 비스듬한 각도에서 터졌기에 그대로 달려오던 적은 중심을 잃고 쓰러졌다.

훈련은 잘되어 있었는지 아주 미약한 신음 소리만 내며 쓰러지는 그 적에게 휘안은 차징 다음 일격을 날렸다.

마운트 포지션.

물론 평범한 마운트 포지션은 아니다.

스으윽.

"아가리는 닥쳐 주시고, 비명도 삼가주시고, 희망도 버려 주십쇼. 알겠슴까?"

마치 건달처럼 이죽거리며 휘안이 칼을 적의 목에다가 가져다 대며 말했다. 번들거리는 광기까진 아니고, 잘 정제된 살기가 줄줄이 눈에서 뻗쳤다.

두 눈에서 나오는 살기는 진심이다.

바닥에 깔린 적 쉐도우 나이트의 기사는 그걸 잘 알았다. 자신도 사람을 죽일 때 항상 그 눈빛이고, 자신의 동료들도 같은 눈빛이니까.

그런 쉐도우 나이트를 바라보며 휘안은 천천히 입을 틀어막은 손을 치웠고, 반대로 허리춤에 매달려 있던 주머니를 천천히 떼어냈다. 열어서 바닥에 쏟아보니 자그마한 환약이 몇 개 쏟아졌다. 휘안은 그걸 보면서 이게 해독제구나 싶었다.

여기서 휘안은 하나를 또 알았다. 연금술사들 중에서도 삼황자에게 가담한 인간들이 있다는 걸.

휘안은 다시 시선을 살짝 들며 조용히 말했다.

마치 어딘가의 양아치처럼.

"몇 가지 질문이 있겠슴다. 자, 첫 번째, 댁들은 뭡니까?

아, 이건 정체를 말해주심 됨다."

장난기가 가득하다.

하지만 장난기에 살기가 합쳐지면 그건 공포다.

"꿀꺽!"

바닥에 깔린 적의 목울대로 침 넘어가는 소리가 들렸다. 그
건 죽는다는 공포가 서서히 바닥에 깔린 기사의 머리를 점령
하고 있다는 뜻.

그리고 그에 따라 조건반사적으로 육체가 반응하고 있다
는 뜻.

"손에 힘 들어가기 전에 대답하시지 말임다. 당신이 살아
날 수 있는 건 말하는 거 하나뿐인데 말임다."

"쉐, 쉐도우 나이트……."

"오호? 그럼 여기에 있는 인원은 총 몇? 구라치면 손에 힘
들어감다. 지금 당장 뒈지기 싫으면 성심성의껏 말해주는 게
좋을 것 같은데 말임다."

"이, 이백……."

그 말에 휘안의 눈매가 부드럽게 휘었다.

이백.

많다.

예나체리가 말한 바에 따르면 쉐도우 나이트는 총 300백.
근데 반수 이상인 이백이 여기에 있다.

기사단 전체의 삼분지 이가 여기에 있다는 소리다.

예상외로 많은 전력이 휘안의 신경을 자극했다.

"그럼 다른 질문임다. 쉐도우 나이트 외 다른 병력은? 혹시 주변에 주둔하고 있슴까?"

"주, 주변 전체로 알게 모르게…… 있다고 들었다."

역시 기사단만 주둔시키지 않았다.

"사병? 군부?"

"구, 군이라고…… 들었다."

역시 군부도 이미 어느 정도는 넘어갔는가.

현재까지 걸린 시간은 최초 격돌부터 약 3분. 슬슬 끝낼 때가 왔다.

"마지막 질문임다. 니들, 라이플 다 갖고 있슴까?"

"그, 그렇……."

"네네, 감사함다. 그럼……."

히죽.

휘안은 웃었다.

안 되겠다. 사람이 되어선.

휘안은 이 작전은 사람으로서 수행할 수 없을 거라 느꼈다. 처음엔 살려두려고 했는데 안 되겠다.

"자, 잠…… 크, 큭!"

휘안의 손이 우악스럽게 기사의 입을 틀어막았다.

그리고 천천히 검을 세워 목으로 밀어 넣었다.

천천히, 아주 천천히.

푹, 푸그그그, 까각.

휘안이 아는 정확한 급소.

기도를 구멍 내고 잘라내기 위해.

휘안은 급격하게 흔들리는 기사의 눈동자를 그대로 직시했다. 그리고 웃었다. 입가만 휘어서. 이빨은 보이지 않았다.

왜냐.

꽉 깨물고 있으니까.

스스로의 잔인함에 치를 떨고 있으니까.

휘안은 한순간의 살극으로 느꼈다.

'아, 난 이제 진짜……'

정상인으로 돌아가긴 틀렸구나.

하지만 이건 어차피 스스로 선택한 길이다. 중간에 이리로 자신을 밀어 넣은 것들도 있었지만 이 길이 싫었다면 최대한 피했으면 될 터.

하지만 휘안은 그러지 않았다.

정면 돌파.

그러면서 스스로 살귀가 되었다.

그래서 누구도 탓하지 않았다.

"하지만……."

아무리 생각해 봐도 이곳은 정상적인 인간이 버텨낼 수 있는 곳이 아니었다.

휘안의 눈이 위험하게 번들거렸다. 마치 동공의 검은자가 사라지고 흰자가 대체하는 것처럼. 세 개의 머리.

케르베로스.

그중 세 번째 머리.

지독히 냉정하고 잔인한 머리가 고개를 들었다.

그렇게 휘안은 스스로 살인마의 길로 들어섰다.

"뭐, 어때? 일단 내가 살아야지."

냉정하게 말하자면 휘안도 그 개자식과 다를 바가 없었다.

*　　*　　*

빅터는 휘안, 예나체리 둘보다 가장 먼저 적과 조우했다. 숲 가장 안쪽으로 파고들었기 때문이다.

그는 숲으로 들어가 거의 30분 정도 걷다가 멈춰 있었다. 그리고 분지 위, 숲 속에 있는 절벽의 수풀 바로 앞에서 몸을 웅크리고 있었다.

그리고 라이플이 격발되며 마력 탄알이 쏘아지는 소리와 함께 숲 외곽에서부터 고속으로 숲을 향해 달리는 적을 느꼈다.

빅터는 침착했다.

그의 성격은 순진하다.

전투 때는 망설임 없이 적을 베지만 그의 타고난 성격은 애초에 침착하고 순한, 순둥이라고 봐도 좋다. 그런 순둥이가

차분히 기다렸다.

떠는 마음?

그런 건 없다.

아주 조금도 말이다.

땅을 박차는 소리, 풀을 건드리며 나는 소리, 그 모든 게 빅터의 귀로 들렸다.

침착하게 있으니 당연히 들린다.

숲은 고요하니까.

그리고 셋.

빅터가 대기하고 있는 자리 주변으로 달려드는 적이다. 소리가 들린다. 근데 마침 운 좋게도 하나가 빅터가 대기하고 있는 언덕 바로 밑의 길로 달려오고 있다.

빅터는 기다렸다.

좀 녀, 조금 만 너…….

그리고 거리가 재어졌다.

뚫어져라 쳐다보고 있던 어둠 속 길 끝에서, 시야의 끝에서 희끄무레한 인영이 달려나오기 시작하는 게 보였다.

3초.

2초.

1초.

빅터는 창을 세우고 두 다리로 점프해서 절벽을 뛰어내렸다.

절벽의 높이는 대략 2미터 정도.

절벽이라고 부르기엔 초라할 정도로 낮은 높이지만 이곳을 보면 절벽이라고밖에 표현할 길이 없다.

언덕 위라고 하기에는 지형 자체가 조금 애매했으니까.

어쨌든 그런 곳에서 뛰어내린 빅터.

적은 빅터의 그 움직임을 눈치챘는지 달리던 속도를 급히 줄이며 허공을 쳐다봤다.

그리고 봤다, 뭔가 거대한 게 밑으로 떨어지고 있는 모습을.

급히 검을 뽑아 머리 위로 들지만…….

공중에서 떨어지며 내리찍은 일격.

콰앙!

빅터의 방천화극이 땅속 깊숙이 박혔다. 월아가 날도 안 보일 정도로 처박혔으니까. 하지만 이 공중에서의 내리찍기는, 생명 하나를 앗아갔다.

양단(兩斷).

이건 이렇게 설명해야 했다.

사람이 반으로 쪼개졌다. 이렇게.

월아로 내리찍었다. 공중에서, 떨어지는 그 힘과 함께. 그리고 철도 베어내는 그 날카로운 예기와 함께.

그 결과 멈칫했던 기사는 그렇게 반쪽으로 갈라져 생을 마감했다.

비명도 지르지 못하고.

하지만 소리를 들은 자들이 있다.

양옆으로 이동하던 쉐도우 나이트 기사들이 방향을 틀어 빅터에게 내달렸다. 무슨 일이 생겼고, 방천화극이 처박히며 난 거대한 소리에 그곳에 적이 있다고 판단한 것이다.

빅터도 느꼈다.

자신의 양옆에서 파고드는 적을.

"흐읍……!"

숨을 들이마시며 창을 땅에서 뽑은 빅터는 곧 자세를 잡았다. 적을 반기기 위함이다. 아주 격하게 반겨줘서 지옥으로 보내 버리려고.

가장 먼저 적은 왼쪽에서 나타났다.

나타나자마자 검보단 손에 든 석궁을 이용해 화살을 쏘아내는 쉐도우 나이트 기사. 하지만 빅터는 그걸 간단히 피했다.

어둠 속이라 어설프게 방어하는 것보단 느낌으로 피해내는 게 낫다고 판단한 것이다.

빅터가 화살을 피하자 적은 곧바로 빅터를 중심으로 우로 돌았다.

그리고 그 순간 오른쪽에서 나타난 자신의 동료와 합류.

"누구냐!"

둘이 되니까 자신감이 생겼을까?

한 명이 입을 열어 빅터에게 말했다.

"……."

하지만 빅터는 대답하지 않았다. 우직하게, 하지만 빈틈없이 자세를 잡고 창끝을 적에게 향했다.

그러면서 빅터는 휘안이 했던 말을 떠올렸다.

"빅터, 넌 외곽에서 최소 셋, 최대 다섯 이상의 적을 잡아둬야 해. 죽이면 더 좋고. 우리도 활동할 거야. 포위망에 구멍을 뚫어야 되거든. 그리고 그 구멍으로 그리터가 너에게 달려갈 거다. 너의 임무는 그리터가 너에게 도착했을 때부터, 그때부터 시작이야. 이해했지?"

그리고 그 말을 떠올린 순간 또 다른 생각이 떠올랐다.

죽인다.

바로 이 생각.

살심(殺心).

누군가를 죽이겠다는 마음이 처음으로 빅터에게서 진득하게 피어났다.

타닷!

그리고 그 살심은 바로 행동으로 이어졌다.

앞에 둘.

죽이겠다는 행동으로.

빅터가 크다고 움직임이 굼뜨다 생각하면 안 된다. 저번 협곡 붕괴 작전 때문에 달리기만 죽도록 한 빅터다.

그때 많이 늘고, 그래서 웬만한 사람보단 더한 속도로 달릴 수 있다.

이게 기사 최상급의 무력이다.

어느 하나에 극도로 치우치더라도 다른 것 또한 평균보다는 훨씬 뛰어난.

"피해!"

피해?

어디로?

웃기는 소리를 하고 있다.

빅터는 돌진하면서 목표를 잡았다. 일단 늦게 반응한 놈.

그놈을 먼저 잡으면 좀 더 수월할 거라 생각이 든 것이다. 빅터는 피하라고 말한 적 말고, 그 반대편으로 도망치는 적을 목표로 잡았다.

순식간에 튕겨 나가는 빅터.

적은 그대로 뒤도 안 돌아보고 도망치려 했다.

바닥의 시체를 보고 자신들이 상대할 적이 아니라고 판단한 것이다. 그러나 빅터는 보내줄 마음이 없었다.

휘안의 명령이라면 이들을 죽여야 했다.

빅터의 다리가 쏘아지며 거구임에도 불구하고 빠르게 적에게 따라붙었다.

텅!

순간 뭔가 튕겨지는 소리가 들렸다.

그건 꼭 무언가가 반동으로 인해 떠나는 소리같이 들렸고, 빅터는 곧바로 몸을 틀었다. 그리고 그의 옆구리 근처로 뭔가 휙 하고 지나갔다.

아마 석궁이리라.

빅터는 침착함을 잃지 않고 도주하는 적에게 따라붙었다. 그리고 100여 미터를 달리는 그 짧은 시간 동안 빅터는 도주하는 적을 따라잡아 목을 쳐버렸다.

딱 한 번의 일격으로.

간격을 정확하게 재서 절대 피하지 못하게 만들어 죽여 버렸다.

피를 뒤집어쓴 거구.

적의 목을 쳐버린 빅터가 고개를 돌리자 저 멀리서 쫓아오던 적은 그대로 도망쳤다.

빅터는 그 기사도 쫓을까 하다가 이내 고개를 저었다.

너무 멀다.

못 잡을 것 같았다.

"휘안, 미안. 하나 놓쳤어."

이게 방천화극에 묻은 피를 털어내며 빅터가 한 말이다.

괜찮아.

괜찮아…….

상심은 안 해도 괜찮을 것 같았다.

*　　*　　*

고요함을 등지고 어둠을 벽 삼아 움직이는 그리터. 그는 현재 숲 중앙을 향해 움직이고 있었다.

그리터의 은신은 뛰어나다. 그것도 상당히.

아무리 쉐도우 나이트가 뛰어나다 해도 평생을 숲, 산에서 자라고 재능 또한 좋아 이젠 '벽' 앞에 도달한 그리터를 찾아낼 순 없었다.

소리조차 내지 않고 전진하는 그 속도는 엄청나다 말할 수는 없지만 역시나 빠르다. 일반인의 발걸음보다 빠르게 전진하면서 소리를 내지 않는다는 건 그만큼 그리터가 뛰어나다는 뜻도 된다.

'저곳…….'

한참을 이동하던 그리터의 눈에 나무로 지어진 오두막이 보였다.

저곳이 메리힘 오황녀가 유폐된 곳일 것이다.

그리터는 바로 오두막에서 시선을 떼고 주변을 살펴봤다.

'지붕 위에 하나, 나무 위에 둘. 이게 전부……?

조금 적다.

아니, 너무 적다.

하지만 그리터는 그 이유를 알 것 같았다.

'안심…… 인가.'

안심(安心).

걱정 없이 마음을 편히 가진다는 뜻이다.

여태 아무 일도 없었고, 이곳에 들어오는 미친놈들도 없을 테고, 있다 하더라도 숲 외곽에 은신해 있는 자신들의 동료가 알아서 커트해 낼 테니 그저 안심하고 있는 것이다.

하지만 그건 정말 뼈저린 실수다.

이미 그리터는 이곳까지 와 있다.

조심스러운 동작으로 휠리언트 보우를 등에서 풀어 손에 쥐는 그리터. 그리는 화살 여섯 대를 꺼내 조심스럽게 땅속에 꽂았다.

'후우…….'

마음속으로 하는 심호흡.

스으으으읍.

자세를 잡고 천천히 오두막 천장에 있는 적을 향해 시위를 당겼다. 그리고 놓았을 때, 화살은 어둠을 찢어발기고 그대로 쉐도우 나이트의 심장에 틀어박혔다.

피하고 자시고 할 것도 없다.

사냥꾼은 애초에 살기를 흘리지 않는다. 동물들은 살기에 민감하기 때문에 조금만 살기를 흘려도 도망가기 때문이다.

그래서 가장 먼저 배운 게 살기를 죽이는 방법이다.

그걸 지금 적용하면……. 쉐도우 나이트가 반응도 못한 건 당연했다.

쿵!

시체가 떨어지며 내는 소리에 나무 위에 있던 적들이 흠칫하고 긴장하는 게 보였다. 하지만 그 순간,

꽈드드득!

시위가 당겨지고,

핑!

화살이 다시 떠났다.

"캑!"

정확히 목에 틀어박혀 깃대만 남기고 그대로 관통해 버린 화살.

둘 제거.

그리터는 다시 화살을 빼 들었다.

그리고 활시위에 걸면서 바로 전진했다. 다른 나무에 있던 적이 나무에서 뛰어내려 도망치기 시작했기 때문이다.

빠른 상황 판단이었다.

둘이 죽은 걸 보고 자신의 상대가 아니라고 바로 판단한 걸 보면.

하지만 그리터는 그들을 보내주고 싶은 마음이 없었다.

시위가 당겨졌다.

꽈드드드득!

급속도로 당겼기에 격렬하고 팽팽하게 시위가 당겨지는 소리가 어둠 속에 울렸다.

핑.

그리고 떠나는 화살 한 대.

푹!

"크억……."

정확히 틀어박힌 화살이다.

이 모든 행동은 약 30초 만에 일어난 일.

휘안의 예상대로 숲 속에서의 그리터는 최강이었다. 이런 그리터를 상대하려면 적어도 제국 첩보대 10조 이하 조장들이나, 1조 조장인 초인이 와야 할 것이다.

그리터는 바로 활을 정리하고 화살을 챙긴 다음 단검을 뽑아 오두막 문에 섰다. 인기척은 느껴지지 않았다.

안에 어떤 위험 분자도 없다고 판단되자 곧바로 문을 열었다.

"다, 당신 누구야!"

들어서자마자 로브를 입은 중년의 남자 하나가 그리터를 보며 소리쳤다. 중년 남자는 제국의 연금술사다, 약초와 독초를 전문적으로 다루는.

이 남자가 여기에 있는 이유는 임무 때문이다.

삼황자 측근이 은밀히 내린 임무.

메리힘 황녀를 재워라.

일어나면 최소한의 영양소를 공급하고 다시 재워라.

이게 이 남자가 맡은 임무였다.

"……"

그리터는 그 남자를 조용히 바라봤다.

두 눈에 공포가 확실히 보였다.

아마 시체들이 떨어지며 낸 소리를 듣고, 그다음 그리터의 등장으로 상황을 빠르게 알아차린 것이다.

다만 살려달라고 애원은 하지 않고 있었다.

다행이다.

살려달라고 하면 조금 난감했을 테니까.

탓!

바로 달려든 그리터는 남자의 목을 잡아 비틀어 단검으로 그어버렸다.

이유는 딱 하나.

"누구도 살려두지 마. 마주치면 죽여. 어차피 적이니까. 손속에 사정을 두지 마. 한 점의 자비가 나중에 우리에게 독으로 작용한다."

휘안의 이 말 때문이다.

시체를 내려놓은 그리터는 빠르게 사방을 훑었다.

그리고 보였다.

한쪽 벽 침대에 누워 있는 왜소한 인영 하나가.

그리터는 바로 그쪽으로 다가갔다. 물론 긴장은 풀지 않았다. 혹시 위장하고 있는 적일지도 모르니까.

이미 야간 시에 적응했기에 사물의 윤곽은 파악이 가능했다. 손가락을 보니 왼손 새끼손가락이 없었다.

메리힘 오황녀가 확실했다.

"……"

잠시간 소녀를 바라보는 그리터.

그러다 고개를 끄덕였다.

예나체리에게 들은 오황녀 메리힘의 생김새와 똑같다.

그리터는 바로 손가락 끝을 오황녀의 코끝에 댔다.

그리고 다시 고개를 끄덕였다. 확실히 호흡이 있었다. 미약하고 가느다란 숨결이지만 확실히 숨은 쉬고 있었다.

바로 오황녀를 들어 자신의 등에 기대게 한 다음 그리터는 휘안이 만들어놓은 줄로 강하게 황녀를 묶었다.

그리고 문 앞에 서서 조심히 밖을 살피던 그리터는 곧 총알처럼 튕겨 나가기 시작했다.

지금부턴 속도전, 혹은 도주전.

무조건 황녀를 안전하게 빅터에게 인도해야 했다. 빅터는 숲 가장 외곽에 있다. 아마 한 시간은 달려야 할 것이다.

먼 거리다.

그러나 어쩔 수 없었다.

이 작전 중 가장 중요한 게 바로 지금, 그리고 자신이니까.

탓.

타다다다닷!

어둠을 가르고 그리터의 신형이 미친 듯이 내달리기 시작했다. 주변의 경관이 휙휙 지나가는 게 현재 그리터가 얼마나 빠르게 달리고 있는지 알 수 있게 해줬다. 물론 황녀의 체중이 너무 가벼웠기에 가능한 일이다.

탁!

타다다다닷!

동시에 주변에서도 소리가 들려오기 시작했다. 그리터의 움직임을 눈치챈 것이다.

좌우, 그리고 후방.

적어도 20 이상의 인원이다.

하지만 그리터를 제대로 쫓아오는 인원은 몇 안 됐다. 그들 사이에도 실력의 격차가 있기 때문이다.

흠칫.

'음……!'

순간 등골을 파고드는 날카로운 기운.

그리터는 이게 뭔지 알고 있었다. 바로 살기.

누군가가 자신을 죽이기로 마음먹었다는 소리다. 그리고 더불어 자신이 등에 업고 달리고 있는 황녀까지.

하지만 그리터의 얼굴엔 그렇게 큰 긴장감이 없다.

이 정도,

이미 알아차렸는데 당할 리가 없다.

순간 옆으로 크게 각도를 바꾸는 그리터.

따앙!

퍽!

그리터가 달리던 앞쪽 나무가 무언가에 맞아 팍 깨지며 나무 파편을 사방으로 비산시켰다. 그리터는 그걸 보고 바로 깨달았다.

'라이플……!'

마도 라이플.

한 정당 열 발씩 쓸 수 있는 제국 알스테르담의 마도 병기.

하지만 지금 이 상황에서 마도 라이플은 그리터에게 큰 위험으로 다가오지 못했다. 어둠이라 명중률도 많이 떨어질 뿐만 아니라, 이미 그리터가 마도 라이플의 존재를 알아차렸기 때문이다.

이제부턴 직선 질주 말고 장애물을 이용해 지그재그로 달릴 것이다.

그리터의 신형이 쭉쭉 나아갔다.

바위가 보이면 바위에 숨었다가, 큰 나무가 보이면 나무 쪽으로 이동해 등지고 달리다가, 다시 수풀이 보이면 수풀 앞으로 이동해 수풀을 등지고 달렸다.

그리터는 쫓아오는 적과의 거리를 쉽게 내주지 않았다. 그의 발이 워낙에 빨랐기 때문이다.

숲에서 그리터는 거의 무적이라고 봐도 좋았다.

제국 첩보대의 초인이나 발바롯사의 귀신이 오지 않는다면 숲에서 그리터를 상대할 자는 없었다.

그렇게 30분.

전방에서도 인기척이 느껴졌다.

'음……!'

텅!

빠각!

동시에 무언가 때리고 터지는 소리가 났다.

'소위님!'

그리터는 이 소리의 진원지를 달리는 와중에도 쫓아가 봤다. 어둠 속에 모습을 드러내는 휘안의 모습.

휙!

진로를 바꿔 바로 휘안의 옆으로 스치고 지나가는 그리터.

둘의 눈동자가 부딪쳤다.

'믿는다.'

'조심하십시오.'

둘의 눈에 담긴 뜻이다.

휘안이 다시 사라졌고, 그리터는 다시 달렸다. 10분 정도를 더 달렸을 때 그리터는 또다시 누군가와 조우했다.

차가운 예기를 줄기줄기 뿜어내고 있는 약간은 왜소하고 굴곡 있는 인영.

예나체리다.

고개를 끄덕여 보인 예나체리가 반대편으로 내달렸다.

푸욱!

그리터를 석궁으로 쏘려고 했던 적의 목젖에 정확히 에스터크가 박혔다. 적은 모습을 드러내면 죽는다는 각오를 해야 한다.

하지만 각오를 하건 안 하건 모습을 나타내면 죽는다.

이들의 무력이 그 정도.

예나체리를 등지고 그대로 달려나가는 그리터.

20분을 더 달려서,

마침내 목표했던 장소에 도착했다.

거구의 기사 빅터가 보였다.

"빨리!"

빅터의 외침이 들렸다.

급히 도착한 그리터는 바로 앉아 메리힘 황녀를 구속한 줄을 풀었다. 그리고 다시 황녀를 빅터의 등에 기대게 하고 줄을 이용해 메리힘 황녀를 단단히 묶었다.

이제부턴 바통 터치.

역할 변경의 시간이다.

빅터가 곧 그 큰 몸을 일으켜 그리터를 잠시 바라보다 내달리기 시작했다. 이제부터 황녀를 지키는 건 빅터의 몫이다.

"……."

달려가는 빅터를 잠시 바라보던 그리터는 곧 두 손을 움직여 자신의 허벅지와 종아리를 급히 마사지했다.

한 시간 동안의 전력 질주.

무리했다.

근육이 조금씩 굳고 요동치고 있었다. 아무리 왜소하다고는 하나 30kg이 넘는 황녀를 업고 달렸으니 당연한 일이다.

이만큼 달린 것도 사실 대단한 일이다.

'후우…….'

심호흡을 하는 그리터.

그리고 땅을 박차고 다시 숲 속으로 몸을 숨겼다.

이제부터 그리터는 암살병이다.

　　　　*　　　*　　　*

탓!

타다다다닷!

휘안은 내달렸다. 적을 등지고.

이미 40여 명이 넘는 적이 후방에서, 그리고 좌우에서 조여오고 있었다. 기감이 좋은 휘안. 그걸 적나라하게 포착해

냈다.

최초 휘안은 다섯을 죽였다. 그리고 예나체리가 넷, 빅터가 둘을 죽였다. 단 열 명 조금 넘는 인원을 해치웠지만 그 인원도 포위망을 구성하는 이들이다.

당연히 구멍이 뻥 뚫렸을 수밖에 없다.

휘안은 그 길을 따라 달렸다.

적도 빠르지만 휘안도 빠르다. 그리고 지구력도 만만찮다. 아니, 어쩌면 지구력은 쉐도우 나이트보다 더 좋을지도 몰랐다.

아니, 실제로 좋았다.

쉐도우 나이트가 휘안보다 뛰어난 건 숲, 산악에서의 은신이 전부이다. 휘안은 그만큼 성장했다.

"후우, 후우."

숨소리.

하지만 흐트러진 숨소리는 아니었다.

정확히 호흡을 가다듬으며 뛰고 있었다. 그만큼 현재 정신도 맑다는 소리다. 신체의 컨트롤도 거의 완벽하게 하고 있으니까.

약 10분을 달리다 보니 스윽 하고 수풀에서 누군가가 나왔다.

예나체리다.

휘안보다 뒤에 있던 그녀가 좀 더 안쪽으로 들어와 휘안과 합류한 것이다. 애초의 작전과는 살짝 틀어진 일이다.

원래 그녀는 20분 거리에 있어야 했으니까. 예나체리의 안전을 위해서 좀 더 뒤에 대기시켰지만 예나체리는 오히려 더 안으로 들어와 적을 죽였다.

하지만 이 정도는 크게 틀어진 일이 아니다.

일신의 무력은 예나체리가 휘안보단 더 위니까.

눈을 마주친 둘은 곧 같이 달리기 시작했다.

그렇게 다시 10분.

그리고 숲 외곽, 그러니까 안쪽으로 방향을 잡지 않은 쉐도우 나이트 기사들이 하나둘씩 나타나기 시작했다.

텅!

뭔가가 튕겨지는 소리.

휘안은 팔을 들어 소리가 난 쪽으로 돌렸다. 물론 석궁에서 발사되어 날아드는 볼트의 위치를 정확히 잡고서.

탕!

방패의 가드에,

텅!

텅! 터텅!

좌우.

총 네 발의 볼트가 다시 날아들었다.

휘안은 제자리에 멈춰 우측의 볼트를 몸을 웅크려 피했다.

타탕!

예나체리는 자신을 노리는 화살을 나무 뒤로 몸을 날려 피했다.

퍼퍽!

찰칵! 철컥!

순간 뭔가 격철음이 들렸다.

“예나체리!”

“네!”

휘안은 그게 무슨 소린지 금방 깨달았다.

석궁에 볼트를 끼우는 소리다. 석궁은 기본 두 발씩 장전이 가능하다. 무한 사격 따위가 가능할 리 없다.

그 타이밍을 격철 소리로 잡은 휘안이 바로 달렸다. 저들을 두고 도주하기는 좋지 않았다. 일단 너무 근거리다.

그리고 어차피 이건 작전의 하나.

추적자의 수를 지우는 작전 중 하나다.

꼬리를 많이 달고 도망치는 건 사실상 힘들다. 저 인원 전부가 마도 라이플을 들고 뒤에서 사격을 가해대면 도주는 불가능하다고 봐야 했다.

그래서 여기서 숫자를 줄인다. 그리고 가능하다면 추적 의지를 꺾는다.

하지만 적은 많다.

그게 가능할까?

묻는다면…….

슈악!

"큭!"

어느새 날아든 한 발의 화살.

그 화살이 정확히 휘안이 달려들던 오른쪽 적의 미간에 꽂혔다.

이들을 상대하는 건 가능하다.

왜냐?

휘안이 있고, 휘안보다 강한 예나체리가 있고, 숲이나 산에선 예나체리보다 강한 그리터가 있으니까.

슉!

슈슉!

세 발의 화살의 거의 2, 3초의 간격을 두고 날았다.

피하고 자시고 할 것도 없이 목젖, 심장.

심장에 박힌 화살이란 이름의 마물(魔物)은 그대로 넷의 생명을 앗아갔다.

탓!

그리고 나무 위에서 모습을 나타낸 그리터.

"시작하자."

"네."

"……."

끄덕끄덕.

휘안의 시작하자는 말에 바로 대답하는 셋.

휘안은 바로 자리를 떠 몸을 숨겼고, 예나체리도 휘안을 따라 몸을 움직였다. 그리고 그리터는 시체 네 구에 박힌 화살을 수거해 다시 화살통에 넣고는 그대로 사라졌다.

숲은 정적에 잠겼다.

하지만 완벽한 정적은 아니었다.

"큭!"

어둠을 가르고 묵광(墨光)의 화살촉이 독아를 드러낼 때마다 하나의 생명이 사라지며 신음을 산발적으로 토해냈기 때문이다.

삐이익!

날카롭게 숲을 울리는 휘파람 소리.

어떤 명령을 담은 소리 같았다.

슈악!

"키엑……!"

하지만 비명은 그치지 않았다.

스윽.

푹!

극점을 찌르는 찌르기가 터지면 하나가 꼭 죽었다.

"으, 으아악!"

예민한 신경을 이용해 뒤를 점해 맹공(猛攻)으로 순식간에 기사 하나를 시체로 만들어 버리고 다시 사라지는 휘안.

슉!

슈슉!

슈가각!

화살이 1분마다 한 발씩,

완벽히 점한 등 뒤에서, 사각에서 뱀처럼 혓바닥을 날름거리며 인체의 치명적인 급소, 박히면 무조건 죽는 그 급소를 노리고 박혀들어 갔다.

순식간에 스무 명의 적의 목숨이 떨어졌다.

공포.

활을 사용하는 사냥꾼은 지금 완벽한 사신이었다.

애초에 말했다.

그리고 누누이 말했다.

그리터는 첩보대의 초인인 1조 조장이나 발바롯사의 귀신이 아니면 숲 속에서 대적이 불가능하다고.

물론 초인급도 힘들겠지만.

숲에서는 초인도 그리터를 상대하기 힘들 것이다.

그만큼 그리터는 무섭고 가공할 암살을 펼치는 사내가 된다.

휠리언트 보우로 쏘아내는 화살은 이들로서는 피할 수 없다.

슉!

슈슉!

세 발의 화살이 다시 떠났다.

"캑!"

"크르르……."

"크으윽……!"

목에 박히고, 미간에 박히고, 심장에 틀어박힌다. 한 치의 오차도 없이 박히면 무조건 죽는 그곳에 화살이 깊숙이 박힌다.

휘안과 예나체리는 움직이지 않았다.

다만 주시했다. 신경세포 그 하나하나 전부를 올올히 풀어 놓고 느끼고 있었다. 그리터가 사람을 죽이는 쉐도우 나이트라는 기사단을 상대하는 것을.

느끼고 있었다.

그리고 저도 모르게 전율했다.

완벽한 숲 속의 사신(死神).

한 발 한 발 모든 공격이 치명적이고, 피해내는 사람이 없었다.

숨는다?

그런 건 애초에 그리터에게 통하지 않았다.

지닌 실력 자체가 다르다.

미약한 숨소리까지도 감지하는 그리터다.

그리고 시뮬레이션으로 급소를 노려 쏘아 보낸다. 오랜 시간 사냥꾼으로 살아온 그는 사람을 사냥하는 데도 탁월했다.

그렇게 30분.

숲은 완전히 조용해졌다.

슬리핑 포레스트 안에 있던 쉐도우 나이트는 영원히 잠들
어 버렸다.

제41장
수 도 탈출(2)

제국의 군인
Soldier of EMPIRE

"이게 강철을 베어내는 무력인가?"

촤악!

까강!

"크윽!"

무력의 차이.

너무나 명명백백(明明白白)하다.

이미 기세는 기울었다.

로열 나이트.

괜히 로열 나이트가 아니었다. 엘초이 경, 그리고 엘리자베
스 황녀. 단 이 인이 뿜어내는 무력에 수도기사단이 처참하게

무너지기 시작하자 단장 엘리엄은 어쩔 수 없이 전장에 끼어들었다.

그리고 그런 엘리엄을 맞상대하러 나온 건 역시나 엘리자베스 황녀.

둘의 결투가 시작되자 엘초이 경이 나섰다.

초인의 무력.

그리고 대륙 최강이라는 로열 나이트 50인의 무력은 수도기사단 정도는 가볍게, 아주 가볍게 말아먹기 시작했다.

바닥을 뒹굴고, 그 바닥에 핏자국을 남겼다.

살아남지 못했다.

이젠 거의 전멸.

서 있는 수도기사단의 기사는 채 20이 되지 않았다. 이게 엘리자베스 황녀가 엘리엄을 막은 지 20분 만에 일어난 일이다.

압도적인 실력 차를 기반으로 쑤셔 박는 그 모든 일격은 수도기사단의 목숨, 혹은 사지를 절단 내서 행동 불능 상태로 만들고, 나머지는 전투 의지를 꺾어버렸다.

전의 상실(戰意喪失).

끝났다.

이 싸움…….

남은 건 역시나 이제 엘리자베스 황녀와 엘리엄 경의 싸움.

엘리자베스 황녀의 무력은 대단했다.

같은 초인인 엘리엄을 완벽하게 몰아붙이고 있었다.

절대로 1년에 가까운 시간을 폐인처럼 지낸 기사처럼 보이지 않았다.

깡!

"큭!"

황녀의 일격을 받은 엘리엄 경이 뒤로 주춤 물러났다. 그 얼굴은 잔뜩 일그러져 있어 이미 엘리엄 경의 상태가 어떤지 잘 말해주고 있었다.

"왜 그런가. 내 검도 베어보아라. 경의 초인명은 웨폰 브레이커. 강철을 베어내는 자가 아니었나?"

조용하지만 음의 고저가 낮다.

시리도록 차갑다.

"으음……!"

엘리자베스 황녀의 검에는 푸른, 마치 지상 위 끝없이 펼쳐진 창공을 연상시키는 푸른 기운이 담겨 있었다. 마치 아지랑이처럼 피어나 검을 덮고, 보호하며, 날카롭고, 강력함을 살려주는 푸른 아지랑이.

이게 바로 무력으로 정점을 찍은 초인들만이 다루는 기운이다.

물론 엘리엄 경의 검에도 옅은 붉은색 아지랑이가 감싸고 있었다. 하지만 옅다. 엘리자베스 황녀보다 턱없이 옅다.

그게 둘의 차이다.

엘리엄 경이 황녀의 검에 사정없이 밀리는 이유다.

"베어보아라, 내 검도. 그대의 검은 겨우 이 정도인가?"

차갑다.

타닥.

두 번의 스텝인데, 겨우 두 번의 스텝이었는데 엘리자베스 황녀는 이미 엘리엄 경의 전면에 도달했다.

휙!

일체의 군더더기 없는 깔끔한 내려치기.

하지만 그 속도는 이미 일반인의 시야를 벗어나 있었다. 초인은 검에만 기운을 담을 수 있는 게 아니다. 사지백해에도 기운을 보내 육체적 능력을 강화하는 게 가능했다.

그랬기에 인간의 분류에서 벗어난 초인이라고 불리는 것이다.

"크윽!"

까강!

검에 담긴 기운이 서로 만나 파고들고, 밀어냈다. 승자는 당연히 엘리자베스 황녀.

쿵!

엘리자베스 황녀의 내려치기를 엘리엄 경은 막았다. 하지만 그 결과 무릎을 꿇어야 했다. 같은 초인인데 너무나 격차가 크다.

엘리자베스 황녀.

이 여자는 천재였다.

세인들을 이 여자를 천재라 불렀고, 검을, 무기를 다루는 자들 중 그녀의 적은 그녀를 이렇게 표현했다.

천재(天災).

하늘에서 내린 재앙.

그 뛰어남이, 비범함이 이미 인간의 경지를 벗어난 초인을 벗어나 있다. 만약 메리힘 오황녀가 잡히지 않았더라면,

자신의 동생이 프리드리히 삼황자에게 인질로 잡히지만 않았더라면 아마 제국엔 벌써 피바람이 불었을 거다.

하늘이 지상에 내린 재앙에게.

적에겐 그만큼 단호한 게 황녀다.

그녀의 무력은 상상을 초월하고 있었다.

"겨우 이 정도로…… 내 앞길을 막았나, 엘리엄 경? 무모하군."

"크으……."

목소리가 점점 담담해진다.

분노조차 일지 않는 모습.

이미 평정을 되찾은 황녀다.

"죽어라."

그걸로 끝이었다.

황녀는 한일자로 입을 다물었고, 곧이어 그녀의 찬란한 금발이 올올이 일어서기 시작했다. 기운을 끌어내고 있어서다.

일어서는 기운에 따라,

엘리엄 경이 무릎을 꿇고, 막고 있는 황녀의 검이 점점 파고들었다.

기운 자체로 베어내고 있는 거다.

"으으……."

엘리엄 경의 입에서 억눌린 신음이 나왔다.

공포?

아니었다.

초인은 웬만해선 공포에 시달리지 않는다. 다만 이를 악물고 기운을 검에 끌어올리고 있었다. 자신의 검을 파고드는 황녀의 검을 멈추기 위해.

이 자세.

이렇게 꿇은 자세에서 황녀의 검이 자신의 검을 자른다면 그 뒤는? 당연히 자신의 생명이 잘린다.

검 다음으로 바로 자신의 목숨이.

그랬기에 사력을 다하고 있었다.

하지만…….

올올이 일어서는 그 머리카락이 정점에 달했을 때,

슈가악!

황녀의 검은 단번에 엘리엄 경의 검을 자르고 정수리부터 턱 밑까지 쪼개 버렸다.

"……."

“······.”

두 눈으로 봤지만 믿을 수 없을 정도로 압도적인 무력.

엘리엄 경은 수도기사단장.

그리고 초인.

제국 열두 개의 검 중에서도 상좌(上座) 끝을 차지하고 있는, 여섯 번째 검이다. 그런 여섯 번째 검이 너무나 허무하게 부러졌다.

촤락!

검을 휘둘러 핏물을 흘려낸 황녀가 엘리엄 경의 시체를 보다가 천천히 걸음을 옮겼다.

“이동한다.”

“네!”

잠시간의 침묵은 끝.

황녀의 말과 발걸음에 동조해 로열 나이트들은 바로 자리를 잡았다.

길버트 중장의 첫 번째 작전.

수도기사단의 궤멸은 이루어졌다.

*　　　*　　　*

황궁 북문 밖.

그곳으로 달려오는 일단의 무리가 있었다.

"빨리! 빨리 뛰어!"

"1중대와 2중대는 북문 주변 전부 봉쇄해! 개미새끼 한 마리 못 빠져나가게!"

"헉헉! 네!"

1중대와 2중대.

이것만 들어도 이들의 신분을 알 수 있다. 수도에 주둔하는 수도사령부 군인들이다.

"A블록부터 F블록까지 다 틀어막아! 황궁을 습격한 괴한들이 북문을 통해 빠져나갈 거라는 전갈이다!"

"네!"

가장 먼저 지원 나온 부대는 수도사령부 3대대다. 그들은 사령부의 명령을 받들어 북문 입구는 물론 황궁에서 북문 시가지까지 이어지는 블록 전체를 막았다.

일사불란.

훈련이 잘되어 있는지 그 행동은 전혀 굼뜨지 않고 재빨랐다.

처적!

"괴한들을 반드시 척살한다! 북문을 통해 나오는 인간은 모조리 죽여!"

"네!"

산토 중령의 명령에 크게 대답하며 대열을 잡고 전의를 불태우는 1중대와 2중대 군인들. 그 모습을 보고 산토 중령은 고개를 끄덕였다.

휘하 군병들의 훈련 상태가 마음에 든 것이다.

"정말 황궁이 습격당한 게 맞습니까?"

그런 중령의 옆으로 토루스 소령이 와서 물었다. 그는 작전장교. 나이도 이제 30대에 갓 들어선 엘리트다.

"자넨 저 모습이 안 보이나?"

"으음…… 보입니다."

산토 중령의 손가락을 따라 토루스 소령은 보았다, 황궁 곳곳에 어둠을 환히 밝히고 있는 화마(火魔)를.

"저 정도의 불길이야. 누군가가 작정하고 불을 지르지 않았다면 불가능해. 그리고 내가 보고 받은 바에 의하면 불이 난 지 벌써 한 시간이 넘었네. 근데 저 불은 아직도 소화가 안 되고 있어. 그렇다는 건 하나지. 연금술사들이 사용하는 방법으로 잘 꺼지지 않는 방식으로 불 질렀다는 것. 황궁의 누가 그랬겠나. 당연히 괴한이지."

"그렇군요. 정신이 나간 모양입니다. 감히… 대알스테르담 제국의 황궁에 불을 지르다니……."

"그렇지. 절대로 빠져나가게 해서는 안 되네."

"당연합니다."

엘리트 출신답게 제국주의가 확실하게 잡혀 있었다.

산토 중령은 목걸이 형식의 시계를 군복 안에서 꺼내 들었다. 현재 시간 새벽 3시 20분. 화마가 일어나고 벌써 한 시간 반이 지났다.

그렇다면 슬슬 나올 시간이 됐다.

그걸 어떻게 아느냐.

이미 누군가에게 들었기 때문이다.

산토 중령은 이미 누군가에게 포섭된 사람이다. 그리고 산토 중령을 포섭한 사람은 그가, 그를 제외한 다른 군인들도, 심지어 제국민까지 가장 존경하는 사람이다.

'나오실 때가 되었는데……'

이게 길버트 중장이 준비해 놓은 두 번째 카드다.

물론 그 두 번째 카드는 이들이 전부가 아니었다.

*　　　*　　　*

그 시간 수도사령부.

"반군들이 북문에 몰려 있다는 전갈이다! 지금부터 우린 그 반군들을 처단하러 간다!"

상황은 빠르게 진행됐다.

이미 불이 난 시점에서 제국 귀족원은 물론 군부에도 비상이 걸렸다. 그리고 삼황자에게 포섭된 군인, 사병들이 움직이기 시작했다.

급히 준비를 서둘러 북문을 향해 달려가는 수도사령부 2대대.

총 인원은 약 1,000명이다.

많은 숫자다.

그리고 그 진군 속도 또한 상당히 빨랐다.

하지만…….

"누구냐!"

대로를 턱하니 막은 누군가 때문에 진군을 멈출 수밖에 없었다.

현재 위치는 사거리.

사거리 중앙을 턱하니 막은 그 인영.

"누구냐! 정체를 밝혀라!"

2대대장은 앞의 어둠 속에 잠긴 인영에게 일갈을 내질렀다. 그 모습이 상당히 사납고 기세등등했지만 인영에게서는 아무런 대답도 없었다.

그 모습에,

"적으로 판단한다! 죽이고 북문으로 이동해라!"

"네!"

2대대장 미겔 중령의 빠른 상황 판단과 명령이다. 그리고 그 명령에 선두의 병사들이 우르르 뛰어나가기 시작했다.

그 인원은 총 100명.

모두 창병으로 이루어진 1중대 병사들이다.

"상대는 하나다! 포위해서 공격해!"

"네!"

중대장의 명령에 다시 한 번 우렁찬 대답을 하곤 달려드는 1중대 장창병들.

그리고 점차 거리가 가까워지자 그들은 보았다.

스르릉.

서늘한 울음과 함께 도집에서 빠져나와 새하얗고 시릴 정도의 예기를 품는 도를 정체불명의 인영이 손에 들고 늘어뜨리는 모습을.

그리고 더 거리가 좁혀지자 괴인(怪人)의 신형이 총알처럼 튀어나왔다.

괴인의 그 행동은 1중대와 교차점을 만들고, 생명을 끊어 버렸다.

서격.

스각.

단 한 번의 발도.

생명은 두 개가 떨어졌다.

"……."

"……."

눈에 잘 보이지도 않았다.

그저 번쩍이는 뭔가를 본 것 같은데, 곧이어 자신들의 전우의 머리 두 개가 바닥에 떨어졌다. 그렇기에 말을 하지 못했다.

"이, 이이……!"

"죽여!"

광포한 분노가 1중대에 깃들었다.

하지만 이들은 고작해야 병사들.

섬광을 터뜨리는 나찰을 잡을 수 있을 리가 없다. 절대로 불가능한 일이다.

번쩍.

스각.

섬광은 계속해서 터졌다.

그럴 때마다 피가 튀며 사지가 잘렸고, 목이 떨어졌다.

거기다가 빠르다.

동에 번쩍, 서에 번쩍.

순식간에 시야에서 사라지면서 그 괴인의 신형을 놓친 병사들 중 가장 가까이 있던 병사는 무조건 죽었다.

피가 사방팔방, 산지사방으로 튀었다.

괴인은 그걸 그대로 몸으로 맞았다.

순식간에 피를 뒤집어쓰고 나찰이 되었다.

"무, 무슨……. 전부 돌격!"

미겔 중령은 그 모습을 지켜보다 경악했다. 저건 초인의 움직임이 아닌가. 저 괴인은 창대는 물론 창촉까지 갈라 버리며 자신의 휘하 군인들을 도륙하고 있었다.

단 하나가 1,000명에 달하는 인원으로 구성된 대대의 움직임을 막았다.

그게 기가 막히고 어이가 없었다.

인원수가 아직 괴인 하나보단 많으니 공포보단 분노가 먼저였다.

"빨리 돌격! 방패로 막고! 창으로 죽여!"

잠시 주춤했던 병사들의 눈에 다시 전의가 돌았다. 상대는 하나. 괴물 같은 무력이긴 하나 자신들의 인원이 이렇게 많으니 죽일 수 있겠다고 생각한 군인들이다.

하지만…….

삭.

스윽.

그들이 서 있는 지붕, 집, 창문을 통해 근 500명에 달하는 인영이 끝도 없이 밀려나왔다.

"뭐, 뭐냐!"

미겔 중령은 놀라 그렇게 소리쳤지만.

퍽!

"크르르……."

그 세 글자가 유언이 됐다.

초고속으로 날아든 볼트가 목젖을 정확히 꿰뚫은 것이다.

"으, 으악!"

"살려줘! 아악!"

그리고 이어진 무차별적인 살인.

아니, 학살.

앞뒤 전면을 막은 채 그 500의 괴인은 일언반구의 말도 나누지 않고 학살을 저질렀다. 포위 공격.

그 방법의 정석이다.

괴인으로 막고, 사방에서 포위해서 친다.

"아아! 괴, 괴물이다!"

"살려…… 키엑!"

물론 장창병들도 마찬가지였다.

나찰의 섬광은 그들로서는 절대로 상대가 불가능하다는 걸 전우가 50 이상 죽어 나갔을 때 느꼈다.

보이지도 않고, 희끄무레한 섬광이 터지면 죽는다.

예외는 없다.

뭔가 번쩍하고 지나가면 이미 전우가, 아니면 자신이 죽는다는 현실을 인지한 것이다. 그다음은 도망이었다.

뒤도 돌아보지 않고 무조건 도망쳤다.

다행히, 아주 다행히 나찰은 자신들을 뒤쫓지 않았다.

하지만,

텅!

터텅!

텅!

터터터터텅!

다시 그들이 도망치는 도로 옆, 건물 위에서 볼트가 무자비하게 날아들었다. 그리고 그 볼트들은 정확히 도망치는 50인 장창병의 급소에 틀어박혔다.

교전 시작 40분 만에 종료.

611명 사망.

289명 투항.

100명 도망.

40분의 전투로 벌어진 일이다.

"반갑소. 특전사령부 막심이요."

"……."

500의 괴인을 이끄는 리더의 인사.

상대는 침묵했다.

하지만 곧 대답했다.

"로즈기사단 상급기사 테일러입니다."

일인군단 괴인은 테일러.

500인 군단은 특전사령부.

즉, 특전사.

이게 길버트 중장의 또 하나의 힘.

철혈가의 특전사들이다.

*　　　*　　　*

또다시 그 시간.

수도 알스테르담의 북문.

북문이 어떤 집단에게 점거당했다.

점거한 자는 진군 저지자, 혹은 철혈의 벽이라 불리는 위대한 제국의 군인이다.

"길버트 중장…… 정말 반역이오?"

"허허, 반역이라니……. 지금 그걸 나한테 하는 말이오, 중장?"

북문을 장악하고 성루(城樓)에 서 있는 길버트 중장에게 대규모 무리를 이끌고 북문 앞에 도달한 군인.

길버트 중장과 동년배로 보이며 특징 없는 얼굴을 가졌다. 마치 옆집 아저씨 같은 느낌이고 생김새다.

이렇다 할 특징이 아예 없는 군인.

하지만 이 선두의 군인이 바로 제국 12검 중 첫 번째 검이자 제국 최후의 보루라고 불리는 검사(劍士)이자 군인이다.

수도사령부 총사령관.

첫 번째 검.

그래서 일검좌(一劍座).

지크프리트 중장이다.

지닌바 그 무력은 군인 아카데미의 팔브로케 소장도, 적에게 천재(天災)라 불리는 제국의 이황녀도 지크프리트 중장에겐 대적이 불가능하다고 알려져 있다.

"그렇다면 무엇이오? 이렇게 본인의 군대를 꾀어내 북문을 장악하다니, 이건 명백한 반역 행위요."

길버트 중장은 수도에 있으면서 절대로 놀지 않았다. 북부군으로 돌아가라는 압박까지 버텨내며 발품을 팔아 수도사령부의 믿을 만한 자들을 포섭했다.

그리고 그들을 자신의 뜻에 동참시켰다.

그가 아니라면 절대로 불가능한 일이었다.

그렇게 포섭한 사령관이 열 명.

현재 그들은 전부 길버트 중장의 뒤에 도열해 있었고, 그들이 이끄는 군인 만 명이 북문을 장악했다.

새벽 2시 경, 화마가 황궁을 덮치기도 전에 급습했으니 북문 탈취는 쉬웠다. 그리고 현재는 농성(籠城).

진군 저지자가, 철혈의 벽이 직접 군을 이끌고 농성에 들어갔다.

반대로 지크프리트 중장이 끌고 온 병력은 거의 오만에 달했다. 수도 군의 반절을 끌고 온 것이다.

나머지 군은 전부 동문, 서문, 남문으로 1만씩 보냈고, 이미 그곳에서 철통같이 방어에 들어갔다.

"지크프리트 중장, 이건 반역이 아니라오."

"아니오. 반역이오, 중장."

"잘못 알고 계시오, 중장. 내 알기로 중장은 삼황자에게 포섭되지 않을 걸로 아오. 그대는 내가 아는 군인 중에서 정말 참된 군인. 당신이 아는 나는 어떤 군인이오?"

참된 군인.

그래, 지크프리트 중장은 삼황자파에 포섭되지 않았다. 다만 길버트 중장이 북문을 장악했다는 소식을 듣고 병력을 이끌고 온 것이다.

그래서 길버트 중장은 현재 상황을 대화로 풀려고 하고 있다. 그리고 물론 그 대화는 틀어지더라도 시간을 벌려는 의도도 있었다.

"당신은 군인이오. 제국을 지키는 위대한 군인."

솔직하게 길버트 중장에 대한 평가를 내놓는 지크프리트 중장.

"그렇소. 난 당신의 말처럼 군인이오. 오직 머릿속엔 제국을 지킬 생각밖에 없다오. 저 간악한 발바롯사에게서."

"근데 왜 이런 짓을 벌이는 게요? 이건 제국을 지키는 게 아니라 제국을 흔들리게 하는 짓이오. 그걸 모르오, 중장?"

"아니까 이러는 게요, 중장. 삼황자가 어떤 인물인지 아직도 모르시오? 아니, 알고 계시리라 믿소. 중장 정도의 위치에서 별도의 정보가 안 들어왔을 리 없으니까. 그럼 묻겠소. 삼황자가 황좌에 오르면 제국이 어떻게 되겠소?"

"으음……."

역시 지크프리트 중장도 알고 있었다.

"피바람이 불게요. 제국이 휘청거릴 때까지. 그럼 그 피는 누가 감당하겠소. 삼황자가 하겠소? 우리 제국민과 군인들의 몫이오."

"하지만 우리 군부는 황궁의 일과 귀족원의 일에 깊이 관여하지 않는 게 법칙이오. 이건 군부 창설 아래 단 한 번도 어긴 적이 없는 지엄한 율법이오. 중장은 지금 그걸 어기려고 하는 거요. 알고 있소, 그건?"

두 사람의 대화하는 소리는 초인인지라 고함(高喊)이 아닌데도 주변에 명확히 들리고 있었다.

그리고 이건 비밀을 탄로하는 자리다.

모든 병사들이 고개를 갸웃거렸다.

삼황자가 왜?

그가 황제가 되면 제국에 피바람이 분다니.

그렇게 따뜻하고 인자한 삼황자인데?

모두의 머릿속에 의문이 떠오르는 그때쯤,

"알고 있소. 하지만 난 군인. 애초에 그런 일을 없애겠소. 내가 후대에 욕을 먹을지라도…… 난 막고 말겠소."

"솔직히 삼황자의 숨긴 심성은 나도 잘 아오. 하지만 진짜 그런 일이 일어난다고 누가 보장하오? 미래의 일이오. 그 누구도 알 수 없다 이 말이오. 그때 일은 그때 가서 해결하면 되오. 하지만 지금 중장의 일은 제국의 군인끼리 피를 흘리게 만드는 일이란 말이오. 그걸 모르시오?"

"이게 옳은 일이기 때문이오. 중장의 안일한 생각이 나중에 어떻게 될지 난 너무 뻔히 보이오. 중장, 중장은 검으로 초인에 오른 사람이오. 그리고 난 이 머리로 초인에 오른 사람이고. 내가 더 잘 아오. 그걸 부정할 수 있으시겠소? 나는 말이오, 지금 피를 흘려서 나중에 흘릴 피를 줄일 수 있다면…… 그 피, 지금 흘리겠소. 내가 지금 이 자리에서 죽는다고 할지라도 말이오."

둘이 일치하는 부분도 분명히 있었다.

하지만 다른 부분도 확실히 있었다.

그러나 이 대화를 들은 군인들의 생각은 확실히 갈리고 있었다.

지크프리트 중장은 검,

그리고 길버트 중장은 머리다.

머리가 좋은 사람의 말을 믿는 건 당연하다. 길버트 중장이 달변가는 아니지만 그의 이름을 생각한다면 어느 쪽을 믿을지는 더욱 확실했다.

"이게 뭔 소리야? 삼황자가 나쁜 사람이라는 거야?"

"그런 것 같은데? 진군 저지자님의 말씀이잖아. 그럼 맞는 소리 아냐?"

웅성웅성.

병사 하나가 꺼낸 말이 순식간에 전체로 퍼졌다.

이게 바로 초인의 힘 중 하나다.

말 하나에도 믿음을 싣는 것.

특히나 그 말을 한 사람이 진군 저지자라 그 힘은 더했다.

"조용."

하지만 그건 곧바로 가라앉았다.

낮지도 높지도 않은 평탄한 음색의 그 한마디가 병사들의 입을 강제로 막아버린 것이다. 이건 거의 강제력의 행사다.

말했지? 초인은 언어에도 힘을 가진다고.

"중장, 솔직히 말해보시오. 원하는 게 무엇이오?"

드디어 본론으로 들어갈 시간이다.

"대치요."

"으음……."

대치(對峙).

서로 마주 보고 서 있는 걸 말하는 단어다.

"피를 흘리기 싫소. 내가 원하는 시간까지만…… 중장께선 돌격 명령을 자제해 주시오."

"그렇게 해서 저지자께서 얻는 이득은 무엇이오?"

"말했지 않소. 피를 흘리기 싫다고. 내 제국을 위해 일을 벌였지만… 시작부터 피를 흘리기는 싫소. 그리고 그건… 황녀님께서도 싫어하실 것이오."

번쩍.

지크프리트 중장의 두 눈에서 기광이 흘렀다.

"황녀께서… 일어서셨소?"

"그렇소. 지금… 황궁을 탈출하고 계시오."

"탈출…… 탈출이라……. 허허, 이거 참……."

상황이 뭐 이래?

현재 지크프리트 중장의 심정이다. 진군 저지자의 말이니 절대로 거짓은 아닐 것이리라. 어차피 드러날 거짓말 따위 할 이유가 없으니까.

"좋소. 그럼 왜 탈출하시는 거요? 아니, 처음부터 황녀님께 서는…… 으음. 그렇군. 그랬어."

혼자 말하다 말다 진의를 파악하고 있는 지크프리트 중장.

"처음부터 연기였군. 하지만 왜? 중장, 황녀께서는 왜 연기 를 하신 거요?"

"메리힘 오황녀님께서 삼황자의 인질이 되셨기 때문이 오."

꿈틀.

인상을 조금 쓰긴 했어도 여태껏 무너지지 않았던 지크프 리트 중장의 안색이 깨졌다.

그만큼 지금 길버트 중장의 말은 예상외였단 소리.

"몸이 아프셔서 어딘가에서 조용히 요양하고 계셨던 게… 아니란 소리요?"

"그럼 그곳을 우리도 알아야 정상이요. 당연히 그런 일에 는 군부에서 보호를 해야 하니까. 근데 아무도 몰랐소. 예전 회의 기억하시오? 내가 모르는 척 넌지시 던졌던 말에 황자가 했던 대답을?"

"으음, 조용한 곳에서 쉬고 있지요, 이렇게……. 허허. 이 거 참, 너무 안일했군. 오래 쉬었어. 그럼 혹시 황태자님이나 황제께서도?"

"그렇소."

"……."

그는 제국 최후의 보루.

발바롯사나 악시온의 최강 초인이 나서지 않는 이상 그도 나서지 않는다. 그렇기에 그는 수도에서 조용히 검과 정신을 갈고닦았다.

중장의 직위에 있지만 웬만한 일은 부사령관이 전부 다 했다.

그러는 동안 이런 일이 일어난 것이다.

삼황자의 심성은 알고 있었지만, 설마 하니 이런 일이 일어날 줄이야.

기가 막힌다.

길버트 중장의 말이다.

믿지 않을 수가 없는 말.

일검좌 본인이 아는 진군 저지자는 절대 거짓을 말할 사람이 아니니까.

"하나 묻겠소. 왜 내겐 도움을 요청하지 않았소?"

순간 든 의문. 이건 진짜 궁금했다.

“말한다고 움직이지 않을 걸 알고 있기 때문이오.”

“…….”

맞는 말이다.

그는 지금도 움직일 생각이 없으니까. 다만 확인은 해야겠다고 생각하고 있다. 하지만 확인하고 나면 아마 절대 수도에 붙어 있을 수 없으리라.

“모두 들어라.”

“네!”

낮지만 압도하는 힘이 담겨 있다.

“지금부터 우리는 대기한다.”

“네!”

수도사령부 총사령관 ‘일검좌(一劍座)’의 말은 지엄(至嚴)하다.

그 누구도 그 말에 불복하지 못했다.

하지만,

‘빌어먹을 진군 저지자!’

그런 생각을 하면서 은밀히 사령관 하나가 빠져나갔다.

그러나 그걸 일검좌 지크프리트 중장은 느끼고 있었다. 하지만 제지하지 않았다. 자신은 여기까지, 이 한 번만 돕는다.

“중장.”

“말씀하시오.”

"나도 조사를 해보겠소."

"고맙소."

제국 최강의 검.

잠들어 있던 일검좌의 검사(劍士)가, 군인(軍人)이 조사를 하겠다고 말했다. 그게 뜻하는 바는 크다.

"모든 게 나오기 전까지… 난 침묵하겠소. 지금 내가 중장을 돕는 것이 마지막일 것이오. 하지만 중장의 말이 거짓일 시, 내 검은 중장에게 나를 기만한 분노를 담고 휘둘러질 것이오. 잊지 마시오."

"명심하겠소."

그 뒤로는 침묵이었다.

대치(對峙).

북문을 장악한 일만의 병력과 그걸 섬멸하러 왔던 오만 병력은 그대로 서로를 바라본 채 대치했다.

물론 이것만으로도 길버트 중장의 계략은 적중했다.

하지만 진짜는 이제부터다.

'후우, 이곳은 내가 어떻게든 해결하겠네. 그러니… 부탁하네.'

길버트 중장은 그렇게 생각하며 남쪽 하늘을 향해 시선을 돌렸다.

　　　　　*　　　*　　　*

다시 황궁.

황녀도 누군가와 대면 중이다.

수도기사단은 물론 가로막는 황궁 수비병까지 차례로 격파하고 북문까지 도달한 황녀. 곧 문을 열고 나가려는 찰나에 누군가가 황녀를 불렀다.

"잠시 멈추시지요, 누님."

"……."

황녀는 그 소리를 듣고 그 자리서 멈췄다. 그리고 천천히 등을 돌리는 황녀.

"가시기 전에 얘기 좀 나누다 가시지요."

"프리히……."

황녀를 막은 사람은 프리드리히 삼황자였다. 그가 일단의 무리를 이끌고 이황녀의 뒤에서 나타났다.

"하하, 아직도 애칭으로 불러주시다니 이거 영광입니다."

까드득.

가증스러운 웃음이다.

너무나 해맑은 웃음이다.

거기에 순하기까지 하다.

누가 이런 삼황자를 보고 가족을 해친 냉혈한이라고 할까.

하지만 이 자리에 있는 사람들은 적어도 그걸 다 알고 있었
다.

하지만 그럼에도 따른다.

패도다.

마도다.

"왜 그랬느냐?"

"무엇을 말입니까?"

순진한 눈으로 되물어보는 삼황자. 그 말에 이황녀의 주먹
이 불끈 쥐어졌다. 당장에 토막을 내고 싶다.

멱살을 잡고, 아니면 무릎을 꿇게 한 다음 검으로 목숨을
위협해서라도 묻고 싶었다. 대체 왜 이런 일을 벌였는지.

하지만 그러지 못했다.

삼황자가 끌고 온 일단의 무리.

거기엔 제국의 12검이 다수가 섞여 있었다. 지금 싸운다면
승패를 장담할 수 없다. 더욱이 몸 상태도 그다지 좋지 않았
다.

가만히 시체처럼 살던 육체가 바로 움직이면서 온몸의 근
육이 요동치고 있었다. 그래서 대화로 활화산처럼 터지는 분
노를 다스리는 엘리자베스 황녀다.

이것만 봐도 역시 황녀의 마인드 컨트롤은 거의 인간의 경
지를 벗어났다고 봐도 좋았다.

"대답해라, 프리히. 이유가 뭐냐? 나는 너를 가족이라 생각

했다.”

“저는 아닙니다.”

“너만 아니다. 오라버니도, 메리도, 그리고 나도 너를 가족이라 생각했다.”

“제 피가 이 나라의 피가 아닙니다. 어찌 가족이라 하십니까?”

엘리자베스 황녀는 부들부들 떨며 말했으나 삼황자는 오히려 이상한 걸 묻는다는 표정으로 대답했다.

그리고 그 대답.

대답에 답이 있었다.

다른 피.

물론 색깔이 다른 피가 아닐 것이다.

황태자, 이황녀, 오황녀, 그리고 삼황자, 쥐 죽은 듯이 살고 있는 사황자는 서로 배다른 동생이다.

지금은 종적도 찾을 수 없는, 아마도 삼황자가 어찌했으리라 생각되는 원체스터 황제가 다른 국가에서 외교를 목적으로 들인 첩에게서 낳은 자식이 바로 삼황자, 사황자다.

그렇다면 결국 그 피는 제국 알스테르담이 아닌, 다른 두 제국의 피가 흐르는 것일 것이다.

엘리자베스 황녀는 순간 프리드리히의 어머니를 떠올렸다.

초원에서 자란 여인.

그걸로 모든 게 설명이 가능했다.

"…결국 피는 못 속인다는 건가. 후후. 그렇군, 그랬어. 좋다. 답이 되었다. 프리드리히."

"왜 부르십니까, 누님?"

"각오해야 할 것이다."

이황녀의 선전포고다.

"누님도 각오하셔야 할 것입니다."

삼황자의 받아침이다.

둘은 그렇게 서로를 노려봤다.

삼황자의 기질도 변했다.

뱀처럼 차가운 심성, 먹이를 노리는 번질거리는 눈동자, 입가에 머금은 미소, 그 모든 걸 적나라하게 보였다.

그렇게 시간을 보내다가,

"아참, 궁금한 게 있습니다. 이번에도 그자의 짓입니까?"

"그자라……. 네가 말한 사람과 내가 생각하는 사람이 같다면 아마 맞을 것이다."

"후, 후후후. 이거 참, 작년부터 제 그림에 먹칠을 하는군요. 괜히 살려뒀나 봅니다. 빨리 죽여 버릴걸."

"쉽지 않을 것이다. 그는 많이 성장했으니까. 그리고 내가 가만있지 않을 것이다."

"가만있지 않겠지요. 그러나 이번 일엔 역시 의문이 좀 생깁니다. 대체 어떻게 알았을까요? 메리의 위치를? 제가 유폐지를 옮기라고 명령을 내렸는데……. 역시 세상일은 마음먹은 대로 돌아가지 않는다는 교훈을 제게 주려나 봅니다. 하하."

"그 교훈, 가슴에 새겨라. 그리고… 뼈저리게 느껴보아라."

"하하, 그러지요. 기대하겠습니다."

"……."

"……."

대화는 이걸로 끝.

의문이 몇 가지 있지만 그걸 대화로 풀고 싶은 생각은 없는 두 사람이다. 이젠 어차피 철전지원수가 되어버렸다.

같은 하늘을 이고는 절대로 못 산다.

"참, 가시는 길 인사는 여기서 끝내겠습니다. 다만 배웅은 성대하게 해드리지요."

"……."

엘리자베스 황녀의 검미(劍眉)가 꿈틀거렸다. 지금 저 말에 숨은 뜻이 있다. 황녀는 그걸 대번에 파악했다.

배웅이라 하지만,

실제로는 수도군의 추적을 의미한다.

"부디 무사히 원하시는 곳까지 가시길 바랍니다. 후후."

"꼭, 꼭 그래 주지."

황녀의 두 눈에 시퍼런 귀화(鬼火)가 타올랐다.

이건 대놓고 협박하는 것이다.

길버트 중장이 포섭한 수도군보다 삼황자가 포섭한 수도
군이 훨씬 많다. 길버트 중장은 겨우 1만, 나머지 9만은 모두
삼황자가 포섭했다.

이건 나가자마자 추적에 시달려야 한다는 걸 뜻했다.

"그럼 편히 가십시오."

"……."

휙.

이황녀는 가차없이 등을 돌렸다.

어차피 이곳에선 못 싸운다. 12검 중 몇 명이 삼황자와 함
께 있고, 이황녀에겐 12검 중 상좌를 차지하고 있는 엘초이
경과 엘리자베스 황녀 본인, 그리고 최강의 기사단 로열 나이
트 50인 중 수도기사단과의 전투로 죽은 열 명을 뺀 40명이
있다.

지금 싸우면 무조건 피를 본다.

거기다가 재수없으면 둘 다 죽을 수도 있다.

한쪽은 이렇게 보내면 안 되고, 한쪽은 이대로 가면 억울하
긴 하겠으나 이게 둘이 내린 판단이다. 나중을 기약한다.

그리고 반드시 서로의 심장에 비수를 꽂겠다.

독을 잔뜩 품은.

절대로 살아나지 못하게.

완벽하게 죽여주마.

등을 돌려 북문을 빠져나가는 이황녀의 눈에도 그런 확고

한 살심(殺心)이 자리 잡았고,

그 모습을 쳐다보는 삼황자의 눈에도 이황녀와 같은 마음이 자리 잡고 있었다.

지금은 이대로 보내지만…….

다음엔 반드시 죽인다.

스스로의 복수와 야망을 위해서.

그리고 완전히 빠져나간 이황녀를 보면서 삼황자가 조용히 중얼거렸다.

"어디서부터 틀어진 걸까요. 그보다, 머큐리."

"네."

"제가 분명 메리를 다른 곳으로 옮기라 하지 않았던가요?"

"내렸습니다."

"그런데 미친개가 어떻게 메리의 위치를 찾았을까요?"

"그건 저도 잘……."

"쯔쯔……."

퍽!

머큐리의 머리가 터져 나갔다.

다른 누구도 아닌 삼황자가 휘두른 손에 의해서.

쿵.

썩은 나무처럼 쓰러지는 머큐리를 삼황자는 쳐다보지도

않고 손을 휙 휘둘렀다. 그러자 피가 휙 뿌려졌다.

"어디서부터 틀어진 건지, 후우, 앞으로가 참 기대됩니다. 후후."

사라지는 엘리자베스 황녀를 보며 프리드리히 삼황자는 차갑게 웃었다.

제42장
도주

제국의 군인
Soldier of EMPIRE

어디서부터 틀어지긴, 지금 이 남자, 미친개서부터 틀어졌
지.

"그리터, 지금부터 혼자 행동해! 주변 경호 확실히 하고!"

"……."

셋은 지금 달리고 있었다. 그리고 지금 휘안의 말에 둘로
바뀌었다. 휘안의 말에 그리터가 사라진 탓이다.

그리터의 학살이 있고 나서 셋은 바로 숲을 빠져나와 말을
숨겨놓은 장소까지 뛰고 있었다. 외곽 망을 피해 들어와야 했
기에 당연히 말은 놓고 빠져나왔다.

이런 일이 가능했던 것도 거지들의 도움 덕분이다.

휘안은 정말 고마웠다.

반전의 상황.

그 모든 게 거지들의 분노를 기반으로 이루어졌다.

이건 잊지 말아야 할 일이다. 그리고 공동의 적, 그걸 처단하기 위해 휘안은 스스로 반드시 살아야 한다고 생각했다.

"예나체리! 전방을 열어! 뒤는 내가 맡는다!"

"네!"

달리는 와중에도 급히 명령을 내리는 휘안.

황녀를 구출해 빅터가 먼저 달려가긴 했다. 하지만 그래도 안심할 수 없다. 숲에 있던 쉐도우 나이트가 전부가 아니다.

외곽 포위망을 구성했던 쉐도우 나이트.

그리고 주변 군부.

아마 지금쯤이면 연락이 가서 움직이고 있을 것이다.

그건 분명했다.

거지들도 그렇게 얘기했다.

슬리핑 포레스트를 중심으로 하나의 대대에 달하는 병력이 곳곳에 있다고. 그것도 뭉쳐 있는 게 아니라 산개해 있다.

명목상은 훈련 중이라고 하지만,

누가 봐도 황녀를 지키는 병력이다.

지금쯤이면 그 병력들도 움직이고 있을 것이다.

'포위되면 이번엔 진짜 죽는다. 요행 따윈 절대 없을 거야.'

까드득.

예나체리의 등을 보며 달리는 휘안은 이를 꽉 깨물며 생각했다. 저번 협곡 전투에서는 점령자가 대놓고 살려준 바람에 살았다.

그의 전략의 한 축을 담당하고 있는 게 휘안이었기에.

하지만 이번엔 아니다.

이건 다른 자의 전략을 깨뜨리는 전략이고 전술이다.

그렇기에 당연히 사력을 다해 막으려고 할 것이다.

메리힘 황녀를 구출해 가는 걸.

어쩌면 죽이려고 할지도 몰랐다.

이번엔 진짜다.

포위되면 반드시 죽는다고 봐야 했다.

'그럴 수는 없지!'

달리는 휘안의 눈빛이 번쩍 빛났다. 의지의 발현, 죽지 않고 반드시 생환하겠다는 의지의 발현이다.

하지만…….

두드드드드드드.

'이런 시발!'

이 소리…….

말이 달리며 내는 말발굽 소리다.

대지가 진동할 정도로 들렸다. 그것도 아주 적나라하게.

그렇다는 건 숲 외곽을 지키던 쉐도우 나이트, 아니면 황녀를 지키던 군부가 움직였다고 봐야 한다.

그것도 기마대가.

거기다가 소리가 이 정도라면…….

'점점 가까워진다. 이대로라면…….'

포위다.

그건 안 된다.

절대로 안 된다.

위기는 바로 찾아왔다.

그것도 절체절명의 위기가.

거기다가 너무 빠르게 찾아왔다. 아직 말을 숨겨놓은 곳으로 가려면 좀 더 달려야 했다. 적어도 한 시간은.

휘안의 두 눈에 절망(絶望)이 조금씩 깃들었다.

그러나 아직 휘안에게 주어진 희망은 있었다.

두드드드드!

"막아! 소위님을 지켜!"

"시발! 거지들의 힘을 보여주마! 이 개 시발 잡종 새끼들아!"

"죽여! 다 죽여! 우아악!"

일단의 무리의 출몰이다.

그리고 그 옷차림은 너무나 조잡했다. 거의 천 쪼가리다.

여러 번 기워 입은 상의, 누더기.

거지들이다.

거의 오백에 달하는 거지들이 어디서 말을 구했는지, 백 명 정도가 말을 타고 선두에서 달렸고 나머지 사백 정도가 손에 몽둥이를 들고 휘안을 스쳐 지나갔다.

"이, 이, 이……."

제대로 된 쇠붙이 하나가 없다.

있어봐야 밭이나 가는 농기구가 전부였다. 저걸로 과연 저들을 막을 수 있을까? 휘안의 생각은 불가능이었다.

저들은…….

"소위님!"

달리던 예나체리가 멈추면서 불렀다.

그리고 뭔가 답을 달라는 눈빛으로 바라봤다.

휘안은 그 눈빛에 그녀 곁에 멈춰 섰다.

"결단을……."

"……."

까드득!

휘안의 이가 부러질 듯이 갈렸다. 무슨 결단을 내려달라는지 잘 안다. 지금 거지들과 합류해 저들과 싸우느냐, 아니면 이대로 도망치느냐 이 두 가지의 선택지 중 하나를 골라달라는 소리다.

"아, 아아…… 시발!"

"소위님! 빨리!"

"달려! 그대로 달려!"

"…네."

까드득!

이가 또 갈렸다.

저들은 무력이 없다. 거의 특공조다. 거지 왕초는 제대로 작정했다. 그리고 거지들도 전부 제대로 작정했다. 휘안 하나를 살리려고 오백의 목숨을 시간 벌기에 썼다.

짐이다.

너무나 무거운.

타다다닷!

예나체리가 다시금 뛰쳐나갔다. 이빨을 꽉 깨물고 두 눈은 붉게 충혈됐다.

"시발, 시발……."

펑!

순간 시야가 확 밝아졌다.

마도 물품 중 하나, 라이트 마법을 담은 조명탄이 터진 것이다.

그리고 그다음…….

탕!

타앙!

타다다다다당!

흠칫.

예나체리가 멈췄다.

"으악!"

"캑!"

"시발 개호로 잡종 새끼…… 컥!"

비명이 난무한다.

쉐도우 나이트다.

외곽을 지키던 쉐도우 나이트 100기의 추적이다. 저들의 기본 무장 중엔 마도 라이플이 있다.

마도 라이플까지 소지한 그들이 조명탄을 터뜨린 다음 라이플로 일제 사격을 가한 거다. 이 한 번의 공격으로 얼마나 죽었을까?

비명이 크다.

몇 명인지 셀 수가 없다.

하지만 그래도 거지들의 분노는 막지 못했다. 아니, 더 심했다.

"개새끼들! 니들이 내 아들을!"

"시발! 우리 엄마를 네놈들이……!"

"죽어! 시발! 다 죽어! 개새끼야! 아악!"

멈추지 않는다.

오히려 더욱 달려들었다.

"뛰어! 뛰어! 예나체리 소위!"

"네!"

눈물이 흘렀다.

생목숨이 너무나 많이 떨어진다.

힘들 걸 알았다.

그러나 이건 시작부터…….

너무 심하잖아.

도망치는 삼 인의 눈에서 피눈물이 흘렀다.

*　　*　　*

시작부터 잘못됐다.

애초에 작전을 좀 더 치밀하게, 그리고 훨씬 더 정교하게 짜야 했다. 여러 가지 상황을 전부 예상해야 했고, 그 상황에 맞는 작전 또한 전부 완벽하게 대처할 방법을 마련해야 했다. 하지만 휘안은 그렇게 못했다.

실수?

아니다.

잘못됐다고 실수가 아니라, 그게 휘안이 할 수 있는 전부였다고 봐야 했다.

휘안은 초인이 아니다.

무력으로도 지력으로도 휘안은 초인이 아니다.

그건 단언할 수 있다.

그랬기 때문에 그렇다.

길버트 중장이나 점령자는 초인.

그랬기에 어떤 상황이라도 대처가 가능하고, 작전을 짜는 게 가능했다.

휘안이 처음부터 놓친 게 있다면 바로 적 병력의 무장 수준.

저들은 활을 보유하지 않았다.

석궁.

그리고 마도 라이플.

전부 직선 사격용 무기다.

화살처럼 곡선 공격이 아닌, 사거리만 된다면 직선 사격이 가능한 무기라는 소리다. 여기서부터 제대로 틀어졌다.

곡선 공격은 잘 안 맞는다.

그건 확실하다.

하지만 직선 공격은 다르다.

넓게 포진한 다음 사격을 가하면 답이 없다.

이게 틀어지는 이유다.

거지 왕초는 애초에 이걸 예상했다. 아니면 뒤늦게 알았을 수도 있고. 그랬기에 피해를 입을 줄 알면서도 부하들을 보냈다.

죽을 자리인데, 덧없이 목숨이 사라질 장소인 걸 뻔히 알면서도.

대를 위해 소를 희생.

이게 적용된 것이다.

만약 거지들이 들이닥치지 않았다면 휘안은 죽었을 것이다.

이것도 단언할 수 있다.

거지들은 악착같이 덤볐다.

팔이 잘리면 다른 팔로 무기를 들어서.

다리가 잘리면 기어서라도.

그렇게 악착같이 덤볐다.

전멸까지 걸린 시간은 약 20여 분.

그 20분의 시간 동안 500명이 죽었다. 말도 나오지 않을 만큼 어이없는 일이다. 그러나 되돌릴 수 없는 진실이기도 했다.

하지만 목숨을 바쳐 20분을 거지패가 잡은 결과, 휘안 일행은 말이 있는 곳까지 도착할 시간을 벌었다.

밤.

밤이라서 어둠.

이것까지 합쳐진 결과였다.

“…….”

“…….”

말에 올라탄 둘은 말이 없었다. 예나체리도 그랬지만 휘안도 정신적으로 정상이 아니었다. 어떻게 여기까지 달려왔는지 본인도 인지를 못할 만큼.

자신을 위해 희생한 500명.

예기치도 못했기에 또다시 정신적인 타격을 받아버린 것이다. 솔직히 이런 일이 있을 것이라고 누가 예견했을까.

"소위님, 괜찮으십니까?"

"응."

예나체리가 그런 휘안이 걱정돼 출발 직전 물었고, 돌아오는 대답은 작았다. 넋이 나간 정도까진 아니었지만 깊게 침체되어 있었다.

하지만 깊게 가라앉은 그 눈빛에선 또다시 뭔가가 꿈틀꿈틀 기어 나오려고 했다. 그러나 막는다.

못 나오게.

나올 상황이 아니라서.

이거 어째 위험하다.

하지만 그러건 말건 지금은 일단 탈출.

그게 먼저였다.

*　　　*　　　*

슬리핑 포레스트에 삼황자가 주둔시킨 병력은 적지 않았

다. 오황녀 메리힘의 존재가 중요했기 때문이다.

엘리자베스 황녀를 잡아둘 유일한 카드였기에 두말할 것도 없었다.

메리힘을 죽이고 이황녀마저 죽이려고 한다면 이황녀는 바로 알아차릴 것이다.

아, 메리힘이 죽었구나.

그렇다면 바로 이황녀는 그 분노의 검을 삼황자에게 들이밀 것이다. 만약 그러지 못한다고 해도 도망친다면 엘리자베스 황녀를 잡을 인물은 그렇게 많지 않을 것이다.

그렇기에 메리힘을 죽이지 못했다.

대신 지킬 뿐이다.

슬리핑 포레스트라는 금지에 처박아서.

그래서 병력이 많다.

그리고 그 병력을 인솔하는 지휘관들은 삼황자가 지급한 첩보대의 마법 피리를 통해 유동적인 대처를 하고 있었다.

또한 그 유동적인 대처는…….

"잡아라!"

"포위망을 만들어!"

빅터를 궁지로 몰았다.

"후우, 후우……."

약 500여 기의 기마대에 잡힌 빅터.

최초의 돌격으로 약 20명을 도륙해 이제는 480기다. 그러나 아무리 강한 빅터라도 500 기마대를 뿌리치기란 쉽지 않았다.

촘촘히 쪼이고, 원래 가야 하는 길을 조금씩 틀게 만든 다음 한곳으로 처박는 것. 그게 소수의 병력을 상대하는 다수의 전형적인 사냥법이다.

빅터도 그 사냥 방법에 걸렸다.

막다른 절벽에 막힌 빅터.

슬리핑 포레스트를 나와 이 절벽을 따라 달려 최소한 하루 이상을 달려야 해안가가 나온다. 그리고 거기에 거지 왕초가 준비한 배가 있다. 하지만 빅터는 반은커녕 시작부터 발길이 잡혔다.

기마대는 서둘지 않았다. 천천히 더욱 포위망을 강하게 구성하려고 했다.

삐이이익!

피리가 울었다.

빅터의 귀에는 들리지 않고, 특수한 귀마개를 착용한 지휘관만이 들을 수 있는 피리 소리다. 이 소리는 곧 또 다른 병력을 이곳으로 몰고 올 것이다.

푸르룽!

빅터는 말고삐를 잡아채 기마대 쪽으로 기수를 돌렸다.

다시 돌격하기 위함이다.

어차피 가만히 있어도 기발한 방법이 나올 리 없다.

그리고 그는 명령을 받은 상태. 누군가의 믿음을 받은 상태.

'휘안이 나만 믿는다고 했어. 꼭… 황녀님을 지켜서 나가야 해.'

목적지까지.

"이름 모를 기사여, 여기까지다! 투항해라!"

선두의 지휘관.

기수를 앞으로 돌려 빅터와 멀찍이 거리를 유지한 채 말했다. 최초 돌격으로 빅터의 무력을 본 탓이다.

머리가 나쁘지 않다.

빅터는 주변을 훑어봤다.

'활은… 없다!'

다행이다.

원거리 공격 무기는 현재 상황을 훨씬 암울하게 만들 것이다. 하지만 이들은 돌격 기마대. 원거리 기마대가 아니라서 활이나 석궁 같은 건 착용하고 있지 않았다.

보이는 무장은 마상용 거창, 그리고 말 옆으로 매달린 방패와 검이다.

전형적인 돌격 기마대다.

"그대는 이미 포위됐다! 어서 인질을 넘기고 투항하라!"

적 지휘관이 재차 외쳤다.

빅터도 그 외침에 지지 않고 외침으로 대답했다.

"웃기는 소리! 나를 죽이기 전까진 황녀님을 뺏어갈 수 없다!"

"헛된 생각 하지 마라! 이미 이 주변은 우리 기마대가 모조리 포위했다! 절대로 그대는 빠져나갈 수 없다!"

"흥! 덤벼라!"

휙!

빅터는 애창인 방천화극을 내려뜨려 잡고 오연히 섰다.

절대로 투항은 하지 않겠다는 불굴의 의지다.

그 모습은 가히 철벽(鐵壁).

"하아, 기사여! 왜 그렇게 목숨을 허무하게 버리려고 하는가? 그대의 무력은 잘 보았다! 하지만 그대도 알 터! 우리를 뚫고 나갈 수 없음을! 혼자서 우리 전부를 상대하려 하는가? 불가능하다! 그걸 왜 모르는가?"

"……."

하지만 여기에서 빅터의 실수가 나왔다.

만약에 휘안이었다면 적 지휘관이 지금 하는 행동에 숨은 뜻을 바로 알아차렸을 것이다. 그리고 무조건 들이받고 뚫은 다음 도망쳤을 것이다.

현재 적 지휘관 행동의 숨은 뜻.

그건 바로 시간 끌기이기 때문이다.

명명백백하게 그 뜻이 숨어 있었다.

사실 빅터가 그걸 알아차리고 그냥 뚫어버리려고 했다면

저 500 기마대는 뚫렸다. 원거리 무기가 없기 때문이다.

돌파로는 테일러가 제일이다.

그건 확실하다.

하지만 빅터도 그에 못지않다.

태어나면서 그에게 허락된 선천적인 거력(巨力).

300년 전, 위대한 초인인 령기의 방천화극(方天畵戟).

그리고 누구에게도 뒤지지 않는 재능(才能).

그 세 가지가 빅터를 거의 기사 중의 기사로 분류되는 최상급으로 올려놓았다. 저런 돌격 기마대쯤은 힘들더라도 분명 돌파가 가능했다.

하지만 빅터에게 허락되지 않은 한 가지.

바로 머리.

생각하는 재능이 부족하기에 빅터는 지금 이러고 있다.

그저 가만히.

빅터가 가만히 있자 지휘관의 설득을 가장한 시간 끌기가 계속됐다.

"잘 생각해라. 그대의 앞날은 창창하다. 여기서 허무하게 끝내려는가? 아니, 그래서는 안 된다. 나는 기마대의 대장이지만, 내가 소속된 곳에서 발언권은 가지고 있다. 그것도 약하지 않게. 투항해라. 그렇다면 내가 꼭 선처를 부탁해 주겠다."

"흥! 듣기 싫다! 덤벼라!"

“후우, 계속 그렇게 나오겠다면… 1소대! 공격!”

“네!”

30기의 기마가 앞으로 나섰다.

이들이 1소대.

지휘관은 똑똑했다. 전체가 덤벼들지 않고 정확히 30기만 움직였다. 그건 나머지는 포위망으로 계속 쓰겠다는 뜻.

또한 30 기마의 전투로 시간을 더 벌겠다는 뜻이다.

빅터가 수비적으로 나오는 걸 보고 판단한 것이다.

30기의 기마가 거칠게 투레질을 하더니 곧 앞으로 맹렬히 전진을 시작했다.

“흥!”

그리고 빅터의 말도 곧 움직였다.

단일 무력과 서른이 합쳐진 무력.

결과는 처참했다.

최초의 부딪침으로 빅터의 방천화극이 적 기마대 하나를 그대로 어깨부터 사선으로 베어버렸다.

깡!

그리고 이격은 방어, 삼격째는 빅터다. 막았던 창을 다시 가로로 길게 휘둘러 그대로 허리째 베어버렸다.

무력 차이가 극심하다.

하지만 곧 1소대의 포위망이 만들어졌다.

돌격 자체가 최초의 돌격으로 멈췄고, 그 틈을 타 빅터를 포위해 빙글빙글 돌기 시작하는 1소대.

전략은 좋았다.

"집중 공격!"

적 지휘관이 공격 명령을 내렸다.

그 이후 터지는 파상공세. 둘이 빠진 스물여덟의 기마대가 빙글빙글 돌며 계속해서 무자비하게 빅터를 타격했다.

하지만 빅터는 강했다.

나중에 왜 그가 철벽(鐵壁)이라는 칭호를 얻었는지 생각해야 했다.

깡!

까강!

기마대의 공격을 빅터는 침착하게 서서 말을 선회시키며 모조리 막아냈다. 어차피 등 쪽으로의 공격은 들어오지 않는다.

메리힘 황녀가 있기 때문이다.

명령은 메리힘 황녀의 구출이다.

그리고 침입자의 죽음.

빅터는 죽여도 되지만 메리힘 황녀는 안 된다. 이들은 황녀의 존재를 모른다. 빅터의 외침이 있었지만 누구도 빅터의 말을 신경 쓰는 사람이 없었다.

그건 어차피 알고 있거나 이미 거짓 정보로 이들을 세뇌시켰다고 보면 됐다.

공격은 빅터의 등 후면이 아닌 전면으로 전부 쏟아졌다.

하나가 치고 나가면 다시 회전하던 기마대가 그 빈자리를 메우고 다시 공격이 계속된다. 무조건 전면으로만.

까강!

그그그극!

빅터는 전방으로 들어오는 모든 공격을 쳐내고 있었다.

쇠와 쇠가 부딪치는 소리가 적나라하게 들렸다. 적의 무기와 같이 자신의 방천화극으로 베어내면 되겠지만 현재는 그것도 불가능했다.

큰 동작은 오버다.

틈을 만들어주기 때문이다.

그래서 빅터는 창날로 받아치는 게 아닌, 계속해서 창대로만 방어했다. 창대까지 쇠로 된 이레귤러 무기인 방천화극이었기에 가능한 방어였다.

하지만 이 상황이 계속되자 빅터도 조금씩 눈치챘다.

"후미를 노려라! 인질의 목숨 따위… 버린다!"

그러나 역시 적 지휘관도 만만치 않았다.

상황이 장기전으로 흐를 양상이자 곧바로 공격 진로를 더했다. 이렇게 되면 후미까지 신경 써야 한다.

탈출.

이 탈출 중 가장 중요한 건 메리힘 황녀의 안전이다.

아직까지도 슬리핑 포레스트에서 연금술사가 강제로 주입

한 수면독 때문에 잠에서 깨지 못하는 메리힘 황녀다.

그게 이 작전의 가장 중요한 부분이고, 무조건적으로 지켜져야 하는 부분이다.

황녀의 안전을 장담하지 못하는 돌파.

빅터로서 할 수 있을 리가 없었다.

휘안이 빅터에게 내린 명령은.

"절대 황녀님만큼은 지켜라."

바로 이거였으니까.

그랬기에 빅터는 이게 시간 끌기라는 걸 눈치챘어도 결코 섣불리 움직일 수 없었다. 그리고 실제로 후미로의 공격도 들어오고 있었다.

빅터의 얼굴이 심각하게 굳어졌다.

'휘안, 어떻게 해?

이곳에 없는 휘안에게 빅터는 물었다.

*　　　*　　　*

두드드드드드!

일단의 기마가 달린다고 말하긴 뭐하다. 단 세 기의 기마.

"빅터의 위치는……?"

"이상합니다. 흔적으로 봐서는… 진로를 벗어났습니다. 그리고 그걸 쫓는 무리가 있습니다. 포위된 듯 보입니다."

"시발!"

휘안이 차갑게 뇌까렸다.

가뜩이나 거지패의 희생 때문에 휘안의 정신적 상태는 그다지 좋지 않았다. 뭔가 마음 한구석이 부서진 그런 상태.

"찾아. 그리터, 앞장 서."

"……."

끄덕끄덕.

그리터는 역시 말없이 대답했다.

"괜찮으십니까?"

"안 괜찮아."

예나체리의 걱정스런 물음에 휘안이 고저 없는 목소리로 대답했다. 눈빛마저 시퍼렇게 날이 서 있다.

세 개의 머리.

삼두견이 가진 세 개의 머리 중 푸른 불꽃을 토해내는 머리가 휘안의 정신을 완벽히 지배하고 있다는 증거다.

슬리핑 포레스트에서도 한차례 머리를 들었지만 그땐 거의 반 지배다. 지금은 완전한 지배.

냉혈한.

"마음을 가라앉히시는 게……."

"닥쳐!"

휘안은 예나체리의 말을 끊었다.

지금은 그 어떤 말로도 휘안을 정상으로 돌릴 수 없었다. 예나체리도 그걸 느꼈다.

지금의 휘안 위험하다.

어째 이 상태는 휘안을 옆에서 지탱해 주던 테일러가 돌아오더라도 힘들 것 같았다.

"하아, 알겠습니다."

"……."

그리터가 그 대답을 끝으로 내달리기 시작했다.

그리고 둘도 달렸다.

전진 속도는 더뎠다. 추적까지 겸하고 있기 때문이다. 하지만 그래도 현재 시간이 밤인 걸 감안하면 빠르긴 했다.

모든 게 그리터의 추종술이 뛰어났기 때문이다.

그리고 대규모의 병력이 지나가서 흔적도 많았다.

30분을 더 달려 결국 찾아냈다.

뒤는 절벽.

그리고 그 절벽을 포위한 일단의 기마대.

"저기군. 저기에 빅터가 있겠어. 난다, 바람결에 실려 오는… 피 냄새가."

"……."

"……."

멀찍이 떨어져 그 상황을 보던 휘안의 말에 둘은 대답하지 않았다. 차가워도 너무 차갑다. 이런 휘안, 본 적이 없다.

분노가 극에 달해 마음 하나가 부서져 둘로 나눠졌다.

그게 바로 세 번째 머리.

씨익.

휘안이 웃었다.

그리고 그건 살심(殺心) 가득한 웃음이다.

누군가를 죽이겠다는 마음.

휘안이 삼황자 프리드리히와 대면했을 때 가졌던 그 살심 가득한 마음.

"둘에게 미안한데, 나는 악귀가 된다. 그래도 따라올래?"

"…네."

"……."

끄덕끄덕.

하지만 둘은 휘안이 왜 이러는지 잘 안다.

거지패의 예상도 못했던 희생, 그리고 그 희생을 예견조차 못했던 자신. 그게 여러 가지 복합적으로 마음을 부숴 버려 현재의 휘안을 만들었다.

하지만 악귀건 살귀건 그건 그 둘도 마찬가지다.

어차피 사람을 죽이고 있는 현재니까.

거기다가 둘은 이미 인정했다.

휘안을 리더라고.

"그래, 가자. 다 죽이러."

휘안의 눈이 지독히 위험한 빛을 발하며 빛났다.

그리터가 말에서 내려 수풀이 우거진 곳으로 이동해 자리를 잡았다. 반대로 예나체리, 그리고 휘안은 말을 타고 돌격 자세를 잡았다.

많다.

숫자가 꽤나 많았다.

하지만 휘안은 이번엔 작전과 다른 길로 가기로 결심했다. 여기서 저들을 죽이지 않는다면 속이 터져 못 버틸 것 같았다.

한마디로 희생양이 필요한 거라고 봐도 좋았다. 현재 자신의 이 참혹한 정신상태를 회복시켜 줄.

많다?

상관없다.

리더라면 당연히 그냥 빅터만 구해서 가야겠지만, 인간 휘안으로선 필요했다. 학살이, 잔인한 사살이.

그래야 그들에게 조금이라도 사죄할 수 있을 것 같아서.

일종의…….

진혼제(鎭魂祭)다.

그래, 진혼제. 죽은 이의 넋을 위로하기 위해 하는 제.

휘안 방식의 진혼제는,

바로 학살.

죽음.

목숨.

생명.

그걸 제물로 삼아 펼쳐진다.

저 눈앞에 인간들의.

"가자."

"…네."

미친 짓 같아 보이고, 실제로도 미친 짓인 삼 인의 돌격이 시작되었다.

그리고 결과도 어째 미쳐 나올 것 같았다.

*　　　*　　　*

핑!

꽈직!

"응?"

뒤에서 대기하던 기마대 일원 중 하나가 뒤에서 들려온 미약한 소음에 고개를 돌렸다. 하지만 뒤에서는 아무런 인기척도 없었다.

"잘못 들었나?"

스스로 긴장해서 그랬다고 판단하는 기마대원. 곧 크게 심호흡을 하고 시선을 다시 정면으로 돌렸다.

아직도 거구의 기사는 조금의 상처도 입지 않고 단단히 방어해 내고 있었다.

그게 벌써 30분이 넘어가는 중이다.

1소대가 2소대와 교체를 한 그 와중에도 거구의 기사는 철벽처럼 단단히 서서 방어에만 집중했다.

볼수록 기가 질리는 무력이다.

저건 거의 초인이다.

제대로 된 초인을 본 적이 없는 기마대원의 입장에선 저 거구의 기사가 곧 초인이었다.

핑.

“응?”

또다시 들려왔다.

뭔가 튕겨 나가는 소리.

흡사 화살이 활시위를 떠나는 그런 소리.

“…윽!”

그리고 고개를 돌리다 말고 봤다.

육중한 파열음과 함께 옆의 기마대원의 가슴으로 날카로운 촉이 튀어나오는 걸. 그걸 보자마자 상황이 빠르게 파악되었다.

“기, 기습이다! 컥!”

핑!

하지만 유언도 빨랐다.

다음은?

엄청난 속사로 화살이 날아들었다. 구름 한 점 없는 여름의 밤은 달을 조명 삼아 기마대 자체를 그대로 표적으로 노출시켰다.

그리터에게 저런 목표를 맞히는 건 일도 아니었다.

어둠 속에 싸인 숲에서도 쉐도우 나이트를 궤멸시켜 버린 그리터다. 이제야 그 진정한 능력을 세상에 내보이고 있었다.

순식간에 10여 기가 넘는 기마대원이 낙마했다. 물론 생명이 끊어진 채로. 숲에서도 그랬지만 자비 따위는 조금도 없는 무자비한 손속이다.

"말에서 내려! 수풀로 몸을 숨겨라!"

깜짝 놀란 지휘관의 빠른 대처다. 나름 신속한 대처이긴 했다. 하지만 여기서 기마대 지휘관은 치명적인 오류를 범했다.

그리터의 속사 때문에 적이 많은 걸로 착각한 것이다. 너무 빠른 사격이었기 때문에 일어난 결정적인 판단 미스.

애초에 도주를 하든가, 아니면 희생을 감수하고서라도 그냥 수풀로 돌격했어야 했다. 그게 정답이다.

하지만 인간이다.

실수는 언제나 나오는 법이다. 완벽하지 못한 게 인간이니까.

그 외침에 수풀 속에 숨어 있던 휘안의 얼굴에 진득한 살소가 맺혔다.

저들은 군인.

개개인의 무력은 형편없다. 개개인의 무력이 좋았다면 기마대가 아닌, 다른 곳으로 발령 났으리라.

그렇다면 특기는 기마전 하나다. 하지만 말에서 내린다면?

일반 성인 남자와 다를 바가 없다.

그리고 일반 성인 남자는,

휘안과 예나체리를 막을 수 없다.

타닷!

수풀을 뚫고 휘안이 내달렸다.

퍽!

방패를 이용한 차징이 최초로 적중 기마대원 하나를 그대로 뒤로 날려 버렸다.

푹!

그리고 가차없는 마무리.

"큭! 크르르……."

심장에 검이 틀어박히자 그대로 사지를 늘어뜨리며 부들부들 떠는 기마대원. 그건 곧 영혼이 육신을 떠나면서 생긴 반응이라 봐도 좋았다.

"적이다! 죽여!"

지휘관이 또 외쳤다.

'죽여? 누가? 누굴? 니들이? 날? 크크…….'

휘안의 목표가 고정되었다.

"그리터! 엄호! 예나체리! 다 죽여 버려! 빅터! 이 개새끼야!

거기서 누가 노닥거리래! 뒈질래? 당장 안 와!"

"네!"

"휘안!"

예나체리가 가히 빛살처럼 튀어나와 검을 적의 목줄에 틀어박았다. 말에서 내린 기마대원. 이미 살기를 포기했다고 봐야 했다.

핑!

핑! 핑! 핑!

다시 수풀에서 화살이 날아들었다.

"큭!"

"캑!"

비명이 난무하기 시작했다.

휘안은 주변 모든 적을 상대로 미친 듯이 날뛰기 시작했다. 방패로 찍고, 검으로 찌르고, 베고, 걷어차고, 다시 찍고, 찌르고…….

가능한 모든 실전 공격이 휘안의 온몸에서 뿜어 나왔다.

이미 사선을 넘어도 몇 번이나 넘은 휘안이다.

성장했다.

확실히.

하지만 지금 그 성장은 적에겐 악몽이었다.

"마, 말에 다시 탑승해라! 포위 공격해!"

그러나 그걸 그대로 봐줄 휘안 일행이 아니었다. 실수 한 번은 죽음이다. 이미 그렇게 정해졌다.

누가 정했냐고?

휘안이 정했다.

미친개가 정했다.

케르베로스가 정했다.

다 죽여야겠다고.

나의 분노를 풀려면 너희의 목숨이 필요하니 내놔.

나 대신 죽어간 500명.

그 넋을 기리려면 너희도 500명.

죽어.

"크크, 크크크……."

휘안의 입에서 마치 짐승이 울부짖는 소리가 토해졌다. 그건 휘안이 조금씩 이성을 잃어가고 있다는 뜻.

전장의 광기가 휘안을 휘감았다.

"으으……!"

"도, 도망… 으악!"

말에 올라타도 인정사정없었다. 말에 오른 자들은 전부 그리터, 그리고 빅터의 표적이 되었다. 이미 포위망을 뚫은 빅터다. 그는 휘안의 근처로 날듯이 달려와 말에 오르는 자들을 목표로만 잡아 도륙했다.

어찌어찌 빅터를 피해 말에 오른다고 해도 수풀에서 날아드는 화살이 또 다시 생명을 뺏어간다.

상황이 이러니 말에 오르기도 겁이 났다.

말에 오르면 저 거구의 기사나, 아니면 수풀에 은신해 있는 암살자의 표적이 된다. 사람이 많으니 괜찮겠지? 맞다. 그것도 맞는 말이다. 하지만 먼저 오르던 자들이 모조리 저렇게 죽어버리면 나도 죽을 거야.

이런 생각이 머릿속을 지배하게 된다.

"으으! 도, 도망쳐!"

"도망가! 으악!"

네 명이 500명을 이런 식으로 도륙하는 게 불가능하다? 아니다. 가능하다. 인간은 동화의 동물이라고도 한다.

지금 현재 그걸 예로 들면 공포의 동화. 이렇게 설명할 수 있었다.

"도망? 누구 마음대로?"

이미 미친개처럼 날뛰는 휘안에게 죽은 기마대원이 30에 육박했다. 휘안은 야차가 되었다. 악귀가 되었다.

좀 전에 30명째 기마대원을 방패로 마구 찍어 죽인 휘안.

피로 목욕을 한 모습이다.

핏물에 푹 담갔다가 끄집어낸 모습. 그게 현재 휘안의 모습이었다.

"놓치지 마. 다 죽여."

휘안이 낮게 뇌까렸다. 목소리에 고저가 없고, 두 눈엔 흰자위만 번들거린다.

이성 상실.

그 대표적인 모습이다.

하지만 빅터는 영문을 몰라 잠시 어리둥절했다. 그러나 그
리터나 예나체리는 안다. 휘안이 지금 왜 저러는지. 그래서
군말 없이 따랐다.

약 30분간의 전투는 100명의 사망자를 냈다. 고작 네 명이
서 백이나 되는 인간을 죽인 것이다. 애초에 실력 차이가 너
무 나니 두 번 공격할 필요가 없었다. 한 번 휘두르면 하나가
죽는다.

"다 죽여! 크크!"

"으으, 으아악!"

콰드득!

도망가는 적 하나를 따라잡아 그대로 방패로 내리찍는 휘
안. 하지만 한 번으로 멈추지 않았다. 한 번, 두 번, 세 번, 그
리고 계속.

뒤통수가 아예 함몰될 때까지 찍고 또 찍는 휘안이다.

"……."

"……."

그 모습을 보면서 빅터도 예나체리도 할 말을 잃었다. 저렇
게 잔인한 휘안의 모습. 전투의 광기가 만들어낸 산물.

부서진 마음에서 나온 결과물.

미치도록 잔인한 세 번째 머리.

주위에 적막함이 가득 찼다.

지휘관은 벌써 도망쳤고, 남은 병사들도 뒤도 돌아보지 않고 도망쳤다.

"그만… 그만하십시오, 소위님."

결국 예나체리가 나서서 휘안을 말렸다. 그의 어깨를 잡으면서. 하지만 휘안은 그런 예나체리의 손길을 뿌리쳤다.

빠각!

콰직!

피가 튄다.

얼굴로 붉고 음울한 혈액이 튀는데도 휘안은 멈추지 않았다.

"소위님, 이미 죽었습니다. 그만하십시오."

"놔! 뒤지기 싫으면……."

"하아!"

저 마음, 모르는 건 아니다.

하지만 심하다고 생각했다. 그게 예나체리의 생각이었다. 이해는 하지만 공감은 못한다는 소리다.

픽!

픽!

휘안의 손길은 멈추지 않았다.

"소위님!"

결국 예나체리는 힘으로 휘안을 잡아당겼다.

"놔! 시발! 놔아!"

"그만하십시오!"

"놓으라고! 시발! 놓으라고! 으아아!"

휘안의 처절한 비명이 이제 조금씩 밝아오는 절벽에서 울려 퍼졌다.

복수.

진혼제.

이렇게 끝낼 수 없는데…….

그게 휘안의 마음인데.

"으음……."

휘안의 고함 때문에 적막이 가득 찼던 절벽에 들려온 한줄기 가느다란 신음.

그건 너무나 깨끗한 목소리여서 적막을 순식간에 깨버렸다. 더군다나 그 깨끗한 목소리는 휘안의 정신을 장악했던 살기마저 강제로 씻어내 버렸다.

목소리의 진원지는,

빅터의 등.

그렇다는 건 메리힘 황녀.

오황녀가 깨어났다.

"어마! 다, 당신들은 누구죠?"

그리고 역시 현재의 상황을 전혀 인지하고 있지 못했다.

제43장
수 도 탈 출 (3)

제국의 군인
Soldier of EMPIRE

삼황자와의 이 갈리는 대면을 마친 엘리자베스 황녀는 예나차인의 안내를 받아 길버트 중장의 자택을 통해 동문 시가지 쪽으로 향했다.

"…어째서 동문인가. 길버트 중장은 북문에 있다고 하지 않았는가."

"네. 다만 그쪽에 지그프리트 중장도 같이 있습니다. 그곳을 통해 나가긴 쉽지 않을 것입니다."

"지크프리트 중장…… 설마 그도 삼황자의 편에 붙었나? 그처럼 강대한 무인이? 올곧은 정신을 지닌 군인이?"

예나차인의 말에 엘리자베스 황녀의 얼굴이 일그러졌다.

황녀가 아는 지크프리트 중장은 제국에서 가장 위대한 군인이고 검사 중 한 명이다. 지금은 조용히 있지만 길버트 중장이 제국의 외부를 지키는 벽이라면, 지크프리트 중장은 제국의 내부를 지키는 최후의 저지선이다.

그런 그가 삼황자의 편에 붙는다?

생각만 해도 끔찍하다.

"길버트 중장님은 아닐 거라는 판단을 내렸습니다. 예로, 지금 아마 북문에선 길버트 중장님이 포섭한 수도군과 지크프리트 중장님이 이끄는 수도군이 대치 중일 겁니다. 만약 삼황자파에 지크프리트 중장님이 붙었다면…… 지금쯤 전투가 벌어져도 벌써 벌어졌을 겁니다. 하지만 조용한 걸 보니 아직도 대치 중일 거라 생각됩니다. 그건 삼황자파에 지크프리트 중장님이 붙지 않았다는 걸 뜻합니다."

시선을 의식해 존대로 말한 예나차인의 말에 황녀의 얼굴이 겨우 퍼졌다. 하긴, 황궁에서 나올 때 그런 전투의 낌새는 전혀 느껴지지 않았다.

다행이다.

"후우! 근데 왜 북문으로 가지 않지? 만약 지크프리트 중장이 삼황자파가 아니라면 그곳으로 가도 충분하지 않나?"

"만약의 경우 때문입니다. 혹시 모를 상황 때문에 길버트 중장님은 북문이 아닌 동문으로 결정하셨습니다."

"음, 알았다."

혹시나 하는 경우. 그래, 이건 중요한 일이었다.

만약에, 이건 정말 만약의 경운데, 이마저도 계산하고 지크프리트 중장이 기다렸다가 황녀를 보내주는 척하면서 치면 꼼짝없이 갇히고, 그대로 잡히거나 죽을 수밖에 없다.

길버트 중장은 그 만약의 경우 때문에 아예 도주로를 동문으로 잡았다.

하지만 어떻게?

그곳에도 이미…… 1만의 병력이 주둔하고 있는데.

하지만 길버트 중장은 그렇게 호락호락한 사람이 아니었다. 그가 짠 계획, 작전, 완벽하지는 않지만 거의 최선의 방법으로만 짜여 있다.

적은 병력으로 낼 수 있는 최선의 방법.

"이곳입니다."

비밀 통로로 한동안 움직이던 예나차인은 어느 정도 오자 나가는 출입구로 안내했다. 그리고 그곳을 통해 밖으로 빠져나오는 엘리자베스 황녀. 그리고 그녀의 뒤를 따르는 로열 나이트와 엘초이 부단장.

깡!

"죽여!"

"여길 뚫어야 우리가 살 수 있다! 힘내라!"

"사수하라! 조금 있으면 원군이 온다!"

입구의 문을 열자마자 들리는 건 처절한 전투의 비명이다.

이미 날은 조금씩 밝아오고 있어 상황은 어렵지 않게 파악이 가능했다.

같은 군복.

같은 부대끼리의 싸움이다.

이들은 길버트 중장이 포섭한 단체와 삼황자에게 붙은 군부와의 싸움이다.

산토 중령이 이끄는 장창부대.

이미 북문을 나오면서 만난 예나차인에게 명령을 전달 받았다.

처음에는 갑작스런 산토 중령의 행동에 의문을 가졌지만 제국에 사는 사람이라면 누구라도 아는 엘리자베스 황녀가 모습을 보이자 토루스 소령은 물론 대대원들까지 모두 상황을 파악했다. 그런 3대대에게 길버트 중장이 내린 명령은 동문 쪽으로 이동해 길을 열고 있으라는 것이었다.

그리고 우연인지 정확히 세 개의 부대를 기습으로 꿰뚫고 이곳에서 마주쳤다. 그냥 이들과 함께 동문으로 이동했다면 황녀의 위치가 발각되었을 것이고, 이들이 이곳으로 그냥 뚫지 않았다면 중간에서 포위됐을지도 몰라 길버트 중장은 희생을 감수하고 이런 작전을 짰다.

그가 한 피가 많이 흐를 거라는 말.

전혀 틀리지 않았다.

"돕는다. 모두 가담하도록."

“네!”

어느새 올라온 로열 나이트 40인과 엘초이 부단장이 한목소리로 대답하고 내달렸다. 이미 많은 숫자가 죽어 이제는 600명 정도밖에 남지 않은 산토 중령은 악착같이 장창 병력으로 필사적으로 적을 뚫고 있었다.

하지만 세 번의 전투로 중첩된 피로, 기습이 통하지 않는 점 등이 산토 중령에겐 최악으로 다가왔다.

이미 중령 본인마저 상처가 상당했다.

토루스 소령은 이미 옆구리에 깊은 검상을 입어 후방에서 대기하는 상태.

길버트 중장이 전한 명령을 완수하지 못할 것 같다고 느꼈을 때 로열 나이트의 가세가 시작됐다.

“아악!”

“뭐, 뭐냐! 반군에게 원군이 도착했다!”

“막아! 그래 봤자 겨우 몇십 명이다! 막아!”

그래, 겨우 몇십 명.

하지만 그 몇십 명이 기사 최상급의 무력과 하나는 초인이라면? 안 그래도 비등비등하게 막아내던 상황을 무참하게 짓밟기는 충분했다.

기사들의 검이 빠르고 날카롭게 날아들어 적을 베어냈다.

휙! 하고 검광 하나가 번쩍이면 적이 하나씩 죽었다.

무력 차이가 이미 상당히 심하다.

전열은 순식간에 부서지고, 산토 중령이 이끄는 부대가 그 기세를 등에 업고 전진하기 시작했다.

"원군이다! 뚫어라! 이제 얼마 남지 않았다!"

바락바락 악을 쓰는 산토 중령.

그리고 그 악을 온몸으로 받아 전진하며 학살하는 3대대.

약 40분 정도가 지나자 엘초이 경이 적군 지휘관의 목을 치는 걸로 승패는 확 기울었다. 살아남은 적은 모두 뿔뿔이 도망치고, 바닥에는 시체가 가득했다. 피 냄새가 사방으로 진동했다.

이번 교전으로 죽은 병력만 해도 적군, 아군 합쳐 800에 가깝다.

참극(慘劇)이다.

하지만 현실이기도 했다.

"……."

엘리자베스 황녀는 그 모습을 보면서 눈을 감고 이를 꽉 깨물었다. 이들은 전부 자신 때문에 죽어나간 사람들이다.

죄책감이 들지 않을 리가 없다.

자신을 수도에서 탈출시키려고, 그리고 자신을 수도에서 죽이려고 하는 자들이다. 결국은 전부 황녀 본인 때문에 죽은 사람들이다.

"가셔야 합니다."

"…그래."

예나차인이 황녀의 상태를 보자마자 재촉했다. 지금은 죄책감에 몸을 떨 때가 아니었다.

한시바삐 움직여야 할 때였다.

수도를 나가기 전까지는 결코 멈춰서는 안 된다. 또한 수도를 나가더라도 결코 멈춰서는 안 된다.

추적은 당연히 붙을 테니까.

밝아오는 하늘을 보며 빠르게 진군하기 시작하자 어느새 동문 근처에 도착했다.

"후우, 동문이 보입니다."

"그래, 보이는구나."

동문이 보인다.

또한 빼곡하게 동문을 둘러싸고 있는 병력도 보였다.

까마귀 작전 때 휘안에게 지랄했던 준장, 전쟁이 끝나고 수도군 사령부로 다시 배속받은 안센 준장이 이끄는 부대다.

의심할 여지도 없는 삼황자파.

적은 일만.

그러나 황녀의 병력은 천도 못 됐다.

로열 나이트가 있고, 초인도 둘이나 있지만 일만의 병력에 들이받기에는 터무니없이 적은 병력이다.

"뚫기 힘들어 보이는구나."

"괜찮습니다."

"음……?"

황녀가 솔직한 생각을 밝히자 예나차인은 자신있는 목소리로 황녀에게 괜찮다고 대답했다. 그러자 의뭉스런 신음을 뱉는 황녀.

예나차인은 피리 하나를 꺼냈다.

그리고 힘껏 불었다.

삑! 삐이이익……!

다른 사람들에게는 들리지 않는다.

이 소리는 저 일만 군세 속에 숨은 500명, 그리고 그 500명을 지휘하는 일부에게 전달될 것이다.

미리 길버트 중장이 지급한 수도사령부의 군복을 입고 적진에 잠입한 특전사들이 그 소리에 천천히 움직이기 시작했다.

＊　　＊　　＊

삑! 삐이이익……!

"음……."

막심은 그 소리에 벽에 기대어 있던 몸을 폈다. 특수한 귀마개를 착용해야만 들리는 이 소리는 작전 시작을 알리는 소리다.

막심이 몸을 세우자 그 옆에 같이 기대고 있던 이들도 몸을
움직였다.

그리고 그 움직임은 동문을 지키는 군대 곳곳에서 일어났
다. 은밀히 움직이기 시작하는 그들.

이미 대부분의 병력은 성문을 움직이는 도르래 근처로 이
동해 있는 상황이다.

막심도 천천히 움직였다. 어차피 그가 자리를 잡은 곳은 도
르래 근처다.

저 앞에 도르래가 보였다.

그리고 도르래를 지키는 병력을 곳곳에서 에워싼 특전사
들도 보였다. 그는 잠시 시간을 가졌다가 품에서 피리 하나를
꺼냈다.

이건 그냥 피리다.

이걸 불면 작전은 시작된다.

심사숙고?

아니다.

가차없이 불었다.

삐익!

순간 동문을 에워싼 병력이 전부 들을 수 있도록 울려 퍼진
피리 소리.

“응? 이게 무슨 소리지?”

“피리 소리 같은데?”

"갑자기 웬 피리…… 컥!"

텅!

터텅!

터더더더덩!

무자비한 석궁 공격이 시작됐다.

그리고 그 석궁에서 쏘아져 나간 볼트들은 성문을 움직이는 도르래 근처에 있던 적을 순식간에 고슴도치로 만들어 버렸다.

"뭐, 뭐냐! 아악!"

"기, 기습…… 캑!"

휙!

같은 군복을 입었지만 완장만 다른 걸 찬 일단의 무리가 순식간에 도르래 근처로 몰려들어 점거해 버렸다.

"성문을 연다!"

"네!"

일단의 특전사들이 도르래에 달려들어 성문을 여는 작업을 시작했다. 그리고 남은 병력은 전부 그 작업하는 특전사들을 가드하며 에워쌌다. 성문이 다 열리기 전까지는 무조건 이 작업병들을 보호해야 했다.

"막아라! 막아! 성문이 열리면 큰일 난다! 막아!"

안센 준장이 상황을 파악하고 고래고래 소리를 질렀다. 그러자 그 명령에 일단의 병력이 움직였다.

물론 전부 움직일 수는 없었다. 한정된 장소였기 때문이다.

<u>드르르르</u>.

끼이이익.

도르래가 돌고, 성문이 조금씩 내려갔다.

"막아! 적은 겨우 몇백이다! 공격해! 성문이 내려가는 걸 막으란 말이다!"

수도 알스테르담의 성문은 안쪽에서 도르래에 쇠사슬을 걸어 돌리는 형식이다. 그걸로 문이 열리고, 닫히고 조종할 수 있다. 그렇다면 저 도르래가 계속 돌면 결국 닫힌 성문은 내려간다.

안센 준장은 그걸 막으라고 소리쳤다.

그건 거의 피를 토하는 절규였다.

하지만 그렇게 호락호락할까?

텅!

터텅!

터더더더더덩!

석궁에서 볼트가 무차별 난사됐다. 그건 달려들던 병사들을 그대로 고슴도치로 만들어 버렸다.

두 발씩 나가는 석궁.

철컥.

철컥철컥.

바로 전방의 특전사들이 뒤로 빠지고 그 뒤의 특전사들이 앞으로 나서서 전방을 향해 석궁을 겨냥했다.

그 모습을 보고 군인들은 움직이지 못했다.

방패가 없다면 지금 달려들면 사망이다.

"이익! 방패병! 방패병은 빨리 반군을 제압해라! 빨리! 성문이 내려가지 않느냐!"

하지만,

그럴 틈을 주지 않았다.

일단의 무리가 동문 시가지 골목에서부터 나타나더니 송곳 같은 대열을 만들며 성문 정면을 막고 있는 병력과 부딪쳤다.

"적이다! 전방에 적이다!"

한 지휘관의 외침에 안센 준장의 시선이 휙 돌아갔다.

"이익! 막아라! 막… 반군의 수괴다! 방패병들은 둘로 나눠 전면으로 나서고 나머지는 도르래를 막아라! 빨리! 어서 움직여!"

안센 준장은 확인했다.

이미 해가 뜨기 시작해 전방에서 달려드는 금빛 찬란한 여기사를 안센 준장은 봤다. 하지만 황녀라고 부르지 않았다.

휘하 군인들이 동요할까 봐서다.

드르르르르.

끼기기기긱.

그 시간에도 도르래는 돌았고, 성문은 계속해서 내려가고 있었다.

텅!

터텅!

터더더더덩!

까강!

깡!

발 빠르게 방패병들이 전면으로 나섰다.

"그래, 그렇게 전진해서 어서 도르래를 멈……."

석궁이 방패병들에게 막히는 모습을 보자 좋아서 날뛰던 안센 준장. 하지만 말을 끝맺지 못했다.

왜?

목이 허공으로 떠버렸기 때문이다.

갑자기 벌어진 사태에 모두가 멍하니 안센 준장의 목을 친 사람을 바라봤다. 목을 치는 그 행동에 떨어진 군모.

그리고 찬란하게 빛나는 백금발.

특전사들과 같이 이곳에 잠입한 여자.

테일러였다.

휙!

테일러는 바로 성루에서 뛰어내렸다.

쿵!

테일러가 뛰어내리자 아직도 사태 파악이 안 됐는지 멍하니 쳐다보는 동문 수비군. 하지만 그러고 있으면 안 된다.

왜냐?

이 여자는 지금 나찰이니까.

스윽.

시퍼런 예기를 줄줄이 흘리는 도를 세우고 그녀의 돌격이 시작됐다.

서걱.

한 번의 휘두름.

놀란 병사는 창을 들어 막았지만 그 창과 함께 병사의 목은 바닥으로 떨어졌다.

푸들.

푸들…….

마치 실 끊어진 인형처럼 이상하게 움직이는 목 없는 시체.

"……."

"적이다! 쳐라!"

지휘관의 대처는 빨랐다. 물론 빠르기만 했다. 그 외침은 그대로 테일러의 표적으로 향하는 지름길이 됐고, 순속의 질주와 함께 지휘관의 목이 떨어졌다.

피가 튀며 그녀의 백금발에 아름답지 못한 흔적을 남겼지만 테일러는 그딴 것 따윈 상관없었다.

그녀는 도를 휘두르며 전진.

방패면 방패, 창이면 창, 막는 그 모든 걸 그대로 베어버리고 순식간에 도르래가 있는 특전사들 쪽으로 이동.

도달 후, 전면에 섰다.

뚝뚝.

그녀가 늘어뜨린 도에서 피가 뚝뚝 흘렀다.

붉게 물든 장미의 눈물을 든 나찰(羅刹)의 재림(再臨)이다.

끼리리릭.

쿵.

그리고 어느새 성문은 내려와 바닥에 닿았다.

“지금부터 황녀님이 나가실 길을 뚫습니다.”

조용한 목소리다.

하지만 섬뜩하다.

휘안과 대화할 때의 귀여움이라고는 눈을 씻고 찾아봐도
보이지 않았다.

그 목소리에 이곳에서 흐를 피가 예상이 됐다.

일만 군세를 가르는 선두에 선 황녀.

그녀의 검은 푸른 아지랑이가 감싸고 있었다. 초인에 오른
자들의 전유물이다. 자신의 특성을 닮은, 그리고 그 특성에
맞는 색으로 구현되는.

엘초이 경도 마찬가지였다.

그의 검엔 묵직한 그의 성격에 맞춰 대지를 닮은 황색 아지
랑이가 피어오르고 있었다. 딱 이 정도.

딱 이 정도가 일만 군세를 그대로 꿰뚫었다.

기운은 검에만 힘을 넣어주는 게 아닌, 육체적인 강화도 가능하게 해준다. 좀 더 빠르게, 좀 더 강하게.

순식간에 앞에 나타나 절대로 막지 못할 힘으로 휙 하고 내리그으면 그대로 죽는다.

"그대로 관통해라!"

"네!"

엘초이 경이 고개도 돌리지 않은 채 적을 도륙하며 외친 그 한마디가 로열 나이트들의 대답을 이끌어냈다.

한동안의 돌파.

두 집단이 만났다.

그리고 만난 두 집단은 그대로 합류해 군세를 꿰뚫고, 이윽고 성문을 밟고 수도 밖의 대지로 나갔다.

*   *   *

두드드드드!

쫓고 쫓기는 추격전.

황녀 일행은 동문으로 나가자마자 바로 북쪽으로 방향을 틀어 달렸다.

황녀의 주위로는 합류한 특전사의 전사들까지 합쳐 총 800명 정도가 전부였다.

"여기서 북쪽으로 6km만 가면 숲에 전마를 숨겨두었습니다! 서둘러야 합니다!"

특전사들을 이끄는 막심이 황녀 옆에서 같이 달리며 말했다.

길버트 중장은 며칠 동안 은밀히 말을 최대한 모았다. 그리고 수도 밖에 자비를 들여 목장을 지었다.

수도 알스테르담 밖은 넓은 평원이다.

동서남북 전체가 넓은 평원이라 농사를 짓기도 좋았고, 풀이 많아서 말이나 가축을 키우기에 용이했다.

그리고 실제로 수도 밖에 목장도 상당히 많았다.

길버트 중장은 그 수많은 목장 중 망해가는 목장 하나를 구입했고, 말도 상당히 많이 사들였다.

바로 오늘을 위해서다.

성문을 돌파하면서 상당수 죽이긴 했지만 여전히 꽤나 많은 숫자다, 황녀를 추적하는 무리는.

삐익! 삐이익!

피리 소리와 고함 소리가 해가 떠 새벽이 된 수도 밖을 울렸다.

원래 이 시간이면 수도 밖에서 농사를 짓는 사람들이 나갈 법도 한데 아무도 나가지 않았다.

모두가 새벽의 그 난리통을 느낀 것이다.

무언가 일어났다.

그래서 수도의 집들은 모두 문고리를 걸어 잠그고 침묵했다. 괜히 나갔다가는 봉변을 당할 거라는 생각에.

한참을 달려 황녀 일행은 북문으로 틀어지는 성벽을 지났다.

그리고 또다시 만나는 일단의 무리.

길버트 중장이다.

이미 일검좌 지크프리트 중장은 사령부로 복귀해 버렸다. 오만 병력을 그대로 두고서.

오만 병력은 움직이질 않았다. 직접 명령을 내릴 총사령관이 없었기 때문이다.

그래서 시간이 좀 생겼다.

황녀 앞에 서자 가볍게 군례를 차린 길버트 중장.

"무사하셔서서 다행입니다."

"아니, 나보다는 중장이 더 고생했다."

"바로 안내하겠습니다."

아주 잠깐의 대화 끝에 다시 무리가 이동을 시작했다. 시간을 지체하고 있을 틈 따위는 없었다.

다시 시작된 이동.

숲까지의 거리가 그다지 멀지 않았기에 일행은 금방 숲에 도착할 수 있었다. 물론 후미의 군세가 따라잡긴 했지만 길버트 중장의 커트로 황녀는 아무런 탈 없이 움직일 수 있었다.

"황녀님, 마차를……."

"아아, 그러지."

예나차인이 다가와 황녀에게 마차에 타길 권했다. 초인에게 마차? 웃기는 소리다. 하지만 이상하게 황녀는 그녀의 말을 선뜻 받아들였다.

이유는 간단했다.

몸 상태가 정상이 아니었기 때문이다.

무려 반년을 넘게 근육을 안 썼다. 예나차인이 다녀간 이후
로 급히 발작이라는 행동으로 근육을 풀긴 했지만 그 한계는
분명히 존재했다.

제대로 풀지 못한 근육.

그리고 과도한 움직임.

근육이 당연히 비명을 질러댔다.

황녀가 나오면서 한 일은 상당히 많았다. 수도 기사단장 엘
리엄을 죽였다. 초인인 엘리엄 경을.

당연히 기운을 끌어다 썼고, 근육은 갑작스런 기운의 주입
으로 한계 이상의 영역에서 움직였고, 그건 그대로 근육의 혹
사라는 결과를 낳았다.

거기다가 동문을 돌파하면서 최전선에서 또 기운을 있는 대
로 끌어다 썼다. 창공을 닮아 시리도록 파란 기운을 터뜨렸다.

그 결과 몸 상태는 당연히 좋지 않았다. 아니, 안 좋은 정도
가 아니라 지금 거의 쓰러지기 일보 직전이었다.

얼굴만 보아도 알 수 있었다.

하얗게 질려 있고, 굵은 땀방울이 계속해서 흘러내렸다.

식은땀이다.

입술도 새파랗게 질려 있었고, 눈 밑도 검게 죽어 있다. 이

미 이 정도의 움직임으로 극한의 피로를 느낀 것이다.

만약 이대로 조금만 더 내버려 두면 황녀는 쓰러질 것이다. 초인도 인간이다. 황녀도 당연히 인간이고.

예나차인은 이미 전부터 그걸 느끼고 있었다. 바로 옆에서 계속 황녀의 안위만을 생각해 지켜봤기 때문이다.

이 작전은 황녀 엘리자베스를 수도에서 탈출시켜 북부군으로 모시는 것. 이번 작전의 요체다.

황녀의 안위는 그 무엇보다도 중요하고 반드시 지켜져야 할 과제였다.

"단장님, 타십시오."

단장님.

누굴까? 이렇게 황녀를 부르는 사람은. 뭐, 한 명밖에 없다. 테일러. 그녀도 엘리자베스 황녀의 얼굴에서 몸 상태를 알아챘다.

당연히 얼굴이 굳었다.

하지만 이런 경우를 대비해 테일러가 이곳에 있는 것이다. 이제부터는 진짜 목숨을 걸고 그녀의 안전을 지켜야 했다.

"테일러, 너는 살아 있었구나."

대화는 지금이 처음이다.

"그래, 포상 때 봤지. 휘안 소위의 옆에 있던 너를…… 살아주었구나. 살아주었어. 고맙다."

황녀의 표정이 온화해졌다.

엘리자베스 황녀는 스스로 눈과 귀를 막아버렸기에 테일러가 살아 있는지 그 당시에는 알지 못했다.

테일러가 수도로 같이 돌아가려고 했을 때도 멀찍이에서 이미 제지당했기에 알아차리지 못했다.

하지만 논공행상 때 봤다. 휘안을 확인하려 잠시 스스로 의식을 깨웠을 때, 그때 옆에 서 있던 테일러도 같이 봤다.

하지만 어떤 행동도 하지 못했다.

옆에 바로 이 모든 일의 원흉인 삼황자가 있었기 때문이다. 자신이 정상이라는 걸 눈치채면 메리힘이 위험해진다. 아니, 아마 죽일 것이다.

메리힘이 살아 있는 이유가 바로 황녀가 죽는다는 조건 때문이었으니까. 결국엔 초인도 사람. 정 때문에 자신의 목숨을 건 황녀이기에 그 어떤 행동도 하지 못했다.

그래서 결국 휘안에게 쪽지를 건네는 연기만 하고 끝났다. 그러다 지금 이 자리에서 다시 만났다.

자신의 부하이자, 자신이 물러났을 때 부단장의 직위를 물려받을 예정이었던 테일러를.

"…무사하셔서 다행입니다."

"나야… 괜찮다. 후후, 휘안 소위 덕분에… 이렇게 멀쩡하지 않느냐."

"…시간이 많이 지체되었습니다, 단장님. 어서 오르십시오."

"그래……."

황녀가 마차에 타자 마부석으로 예나차인, 그리고 테일러가 급히 앉았다. 그리고 그때 길버트 중장이 다가왔다.

"출발하거라, 차인아. 뒤는 내가 맡겠다. 특전사와 로열 나이트가 뒤따를 것이다. 이대로 달려서 울버링 성으로 가거라. 과테 소장이 마중 나올 것이다. 하지만 조심하거라. 끈질기게 추적이 따라붙을 테니."

"네, 아버지도… 조심하세요."

"하하, 내가 진군 저지자고 철혈의 벽이다. 저 정도를 상대로는 절대로 죽지 않는다. 자, 출발해라! 어서!"

"네! 이럇!"

황녀를 태운 마차가 출발하자 그 뒤를 이제는 400도 남지 않은 특전사들과 마찬가지로 35명의 로열 나이트, 그리고 엘초이 경이 뒤따랐다.

"후우……."

먼지를 일으키며 사라지는 황녀의 일행을 바라보던 길버트 중장의 입에서 낮은 한숨이 나왔다.

이제 숨통이 좀 트여 나오는 한숨이다.

그들이 지평선 숲으로 난 길을 따라 쭉 달려 사라지자 길버트 중장은 시선을 떼고 등을 돌렸다.

그리고 돌아서는 중장의 얼굴은 어느새 진군 저지자, 혹은 철혈의 벽으로 불리는 초인이 되어 있었다.

제44장
메리힘 황녀

제국의 군인
Soldier of EMPIRE

“누, 누구시죠?”

“…중성. 북부군 소속 소위 휘안입니다.”

“…….”

황녀가 가장 먼저 입을 열어 말한 건 역시나 휘안 일행의 정체를 묻는 것이었다. 그리고 휘안은 낮게 가라앉은 목소리로 자신의 정체를 밝혔다.

물론 군번줄을 꺼내 보이는 것도 잊지 않았다.

하지만 황녀는 그것으로는 감이 잡히지 않는지 입을 꾹 다물었다. 그래서 휘안은 부연 설명을 더 곁들여야 했다.

“더불어 이황녀님을 모시는 군인입니다.”

“아…….”

반응은 바로 왔다.

메리힘 황녀가 눈을 동그랗게 뜨고 휘안을 바라본 것이다.

“언니는… 언니는 괜찮은가요?”

떨리는 목소리로 휘안에게 묻는 메리힘 황녀.

“지금쯤… 수도를 탈출해 북부군으로 향하고 있을 겁니다. 메리힘 황녀님도 저희가 북부군으로 모시겠습니다.”

“아아…….”

휘안의 고저 없는 대답에 메리힘 황녀는 안도의 한숨을 내쉬었다. 그리고 곧 큼지막한 눈물방울이 눈가에 매달리더니 바로 흘러내리기 시작했다.

마음고생.

아마 속이 문드러졌을 것이다.

그러다가 슬리핑 포레스트로 끌려왔고, 무언가를 먹는 시간을 빼면 생각할 시간조차 없었을 것이다.

하지만 유일하게 허락되는 그 잠깐의 시간 동안 메리힘 황녀는 많은 생각을 했을 것이다. 그리고 그 생각은 항상 좋지 않은 곳으로 흘러갔을 테고.

그리고 마음고생을 할 시간도 없이 다시 잠들기를 반복.

그러다가 오늘이 온 것이다.

모든 설움이 한 번에 터졌다.

눈물 흘리는 황녀를 휘안은 차가운 눈으로 내려다봤다. 그리고 그 어떤 행동도 하지 않았다. 지금 이 순간 휘안의 마음은 굉장히 무거웠다.

'이 여자… 발단.'

발단(發端).

어떤 일이 시작되는 실마리다.

휘안이 보는 메리힘 황녀는 이 모든 일의 발단 중 하나다. 발단은 여러 가지가 있지만 이 여자도 그중 하나. 휘안은 그렇게 생각했다.

'그래서… 수도 없는 목숨이 죽었지.'

수도 알스테르담에 있던 거지패가 몇백이나 죽어나갔고, 좀 전에도 거지들이 또 죽어나갔다. 그 모든 게 바로 이 여자, 이 소녀를 지키기 위해서였다.

아니, 솔직히 왕초는 휘안을 살리기 위해서였지만, 휘안은 아직 그걸 잘 몰랐나. 아니, 어렴풋이 깨닫고는 있었지만 마음 한구석에서 부정하고 있었다.

자신 때문에 사람이 죽었다는 것을 인정하기 싫은 것이다.

생각에 잠겼던 휘안은 다시 정신을 차렸다. 그리고 아직도 울고 있는 오황녀에게 처음 그 목소리로 다시 말했다.

"이러고 있을 시간이 없습니다. 지금도 추적하는 자들이 있습니다."

"흑흑…… 네."

"그럼, 힘들어도 참으시길. 빅터, 출발해."

"응, 알았어."

황녀는 아직도 빅터의 등에 업혀 있었다. 빅터가 말의 허리를 박차며 다시 달리기 시작하자 휘안도 근처에 떠도는 말을 잡아 올라타 달렸다.

물론 예나체리, 그리터도 함께였다.

다시 이동을 시작하는 일행.

하지만 그것도 잠깐이었다.

삐이익!

"시발, 걸렸다."

"어떻게 하시겠습니까?"

"어떡하긴… 빅터, 그냥 달려! 우리 셋은 다시 적을 막는다. 라이플도 아마 많이 썼을 거야. 위치를 잡고 그리터의 저격 이후 싸운다."

휘안은 천천히 말의 속도를 늦췄다. 휘안이 늦추자 예나체리도 같이 멈췄고, 그리터도 멈췄다. 빅터는 뒤를 힐끗 보더니 멈춰 있는 삼 인을 보고 입술을 질끈 깨물고는 그대로 달려나갔다.

다시 혼자만의 도주가 시작된 것이다.

사라지는 빅터를 잠시 보던 휘안은 말했다.

"우린 길목을 틀어막는다. 어차피 전부는 못 막아. 그렇다면… 지휘관 급들은 잡아야겠지. 내가 나서서 대화를 시도해볼게. 그리터, 대장으로 보이는 놈들 보이면 다 쏴 죽여."

"……"

끄덕끄덕.

그리터가 곧 화살통을 힐끗 보더니 사라졌다. 사라져 가는 그리터의 허리의 매여 있는 화살통엔 이제 이십여 발밖에 남지 않았다.

사이즈가 큰 통을 사용하기에 거의 50발 이상이 들어가지만 연이은 격전으로 많은 화살을 소모했다.

싸움 직후 그리터가 가장 먼저 하는 게 화살 회수다. 그런데도 이젠 이것밖엔 남지 않았다. 이것마저 다 쓰면 그리터는 이제 십여 개의 단도로 전투를 벌여야 했다.

"슬슬 한계구만."

"네?"

"아냐. 너도 숨어. 소리를 들어보니… 슬슬 오는 것 같다."

누르르르르.

지축 울리는 소리가 저 멀리서 들리고 있었다. 그 방향은 정확히 휘안이 있는 곳.

예나체리가 말을 이끌고 다시 저 멀리로 떨어졌다. 그리고 은신. 예나체리가 숨고 난 잠시 후 일단의 무리가 휘안의 근처로 오더니 멈췄다.

복장은 일단…….

쉐도우 나이트가 아니었다.

'불행 중 다행이네.'

휘안은 상황이 나쁘지 않다고 생각했다. 군부의 기마대다. 그렇다면 마도 라이플은 없을 것이다.

무장을 보니 좀 전과 같은 돌격 기마대.

마상용 렌스, 그리고 검과 방패.

이게 전부였다.

"투항해라!"

피식.

휘안은 다짜고짜 던지는 그 말에 그냥 웃었다. 그리고 저놈은 병신이라고 생각했다. 만약 자신 같았으면 대화 따위는 안 했을 거다.

자신도 만약 쉐도우 나이트였다면 바로 그리터에게 공격 명령을 보냈을 것이다. 그리고 다른 곳으로 유도했다.

그게 휘안이 처음에 했던 생각이다.

그리고 휘안이 웃은 또 하나의 이유.

그건 바로 저 지휘관이 한 투항하란 말 때문이었다.

'왜 다들 나만 보면 투항하라고 하는지. 큭큭.'

"소속은?"

"투항해라!"

"아니, 그러니까… 너 소속이 어디냐고. 맞다. 계급도."

"이놈……!"

슬슬 휘안식 약 올리기가 시작됐다.

"이놈이고 저놈이고…… 너, 소속이랑 계급 뭐냐고. 내가 먼저 말해? 응? 난 북부군 소속 소위 휘안이다. 자, 나도 관등 성명 말했으니 너도 말해."

"소위? 휘안?"

"아……."

휘안은 짧게 한탄을 했다.

말이 안 통한다.

그럼?

스윽.

휘안이 손을 들어 올렸다. 이건 일종의 신호.

하지만 사전에 나눈 말이 없었기에 그리터가 반응을 할지 안 할지는 잘 몰랐…….

핑.

"컥……!"

그리터는 확실하게 반응해 줬다.

순식간에 한쪽 수풀에서 뭔가가 날아들어 말이 통하지 않는 지휘관의 심장을 관통했다. 그 화살은 너무 빨라 막고 자시고 할 것도 없이 순식간에 목표를 꿰뚫었다.

"뭐, 뭐야!"

"기습이다!"

화살의 힘 때문에 그대로 말에서 튕겨 날아가 떨어져 즉사한 소대장을 보며 병사들이 깜짝 놀라 소리쳤다.

"자자, 시끄럽고, 다음으로 계급 높은 사람 손? 아, 말 좀 통하는 놈이 나왔으면 좋겠는데."

하지만 아무도 나서지 않았다.

"뭐야? 싱겁긴……. 그럼 나는 그냥 갈 테니까 쫓아오지 마라."

휘안은 그렇게 가볍게 말하고는 돌아섰다.

대담한 배짱이다.

하지만 휘안이 돌아서자 기마대가 조금씩 움직이려는 모습을 보였다. 그러나 소용없었다.

핑!

"크악!"

이번에는 처음과는 전혀 다른 각도에서 날아온 화살이 움직이려는 선두의 기마대원 중 하나의 옆구리에 깊게 틀어박혔기 때문이다.

두 번의 기습이다.

확실히 이들은 일반 군인으로 이루어진 부대이다 보니 기사단처럼의 결단력은 엄청 떨어졌다.

만약 쉐도우 나이트였다면 이런 반응을 보이지도 않았을 것이다. 이걸로 시간을 더 끌 수 있게 됐다.

어차피 저들은 휘안이 사라진다면 다시 쫓아올 것이다.

그건 당연한 일.

하지만 지금 당장은 어쩌면 이번 작전 통틀어 가장 좋은 일일 것이다.

휘안 본인에게나 일행 전체에게나.

휘안은 말을 몰아 진로를 바꿨다. 빅터를 따라가지 않았다는 소리다. 빅터는 최대한 자유롭게 해줘야 했다.

도주.

자유롭지 못한 도주는 실패할 확률만 는다.

그래서 휘안은 다시 적을 자신에게 모을 생각을 하고 있었다. 그리고 그 방법은 간단했다. 자신이 빅터와 다른 곳으로 가면 된다.

어느새 휘안의 옆에 예나체리가 말을 몰고 와 섰고, 잠시 후 그리터도 휘안의 옆으로 왔다.

그리고 다시 출발했다.

*　　　*　　　*

휘안은 계속 내달렸다.

'이 정도면… 이제 빅터는 안전해.'

어느 정도 달리면서 가장 먼저 든 생각은 이 작전의 키포인트인 빅터, 그리고 메리힘 오황녀가 이제 안전할 거라는 사실이었다.

그렇다면 이제부턴 다른 걸 중점으로 두어야 할 시간이다.

빅터나 메리힘 황녀 말고 바로 자신, 그리고 예나체리, 그리터다.

이제 자신들만 무사히 빠져나가면 이 작전은 성공이다. 그리고 끝난다.

'가장 조심해야 할 부분은 역시… 쉐도우 나이트.'

휘안은 마지막까지 조심해야 할 사항은 역시 쉐도우 나이트의 존재라고 생각했다. 이 쉐도우 나이트는 전부 마도 라이플을 소지하고 있다.

거지패의 돌격으로 상당 부분 탄을 소모했을 게 분명하지만 아직 몇 번의 일제 사격을 가할 탄은 남아 있을 터였다.

만약 포위당해 일제 사격을 받는다면 이레귤러 방패를 소지한 휘안 빼고는 아마 무사하지 못하리라.

마도 라이플은 육안으로 확인조차 불가능하기 때문이다.

방패를 소지한 휘안도 웅크리고 방어하지 않는 이상 살아남기 힘들 것이다. 이런 상황이니 만약 특별한 전술까지 쓴다면 더 힘들다.

그래서 휘안은 쉐도우 나이트를 경계 대상 1호로 삼았다.

'그리터가 숲에서 잘해줬어.'

그래도 그나마 고무적인 사실은 그리터가 숲에서 쉐도우 나이트 반을 죽였다는 사실이다. 무시무시한 암살 능력.

정확히 은신 위치를 잡아 가하는 그리터의 암습에 숲에서 휘안 일행을 포위하려고 했던 전부가 사살당했다.

만약 그 반도 못 잡았다면 이번 작전, 엄청 힘들었을 것이다. 아니, 아주 최악이었을 것이다.

'병력의 위치 정보만 알았더라면…… 아니, 하다못해 병력의 수만 알았더라면…….'

휘안은 그게 참 아쉬웠다.

거지패는 쉐도우 나이트의 숫자와 근처에 포진 중이던 병력의 수까지 알려줬다.

그러나 그건 대충 어림짐작으로 눈에 보이는 것만 파악해서 전달해 줬다. 전부 확실하게 파악해서 알려주진 못했단 소리다.

거기에 왕초는 휘안에게 이런 말도 전달했다.

다 파악하지 못했다고.

계속해서 병력이 훈련을 명목으로 움직여 복귀하고 쏟아져 나오기 때문에 작전 당일은 어떻게 될지 모른다고.

그래서 쉐도우 나이트 빼곤 다른 군부의 병력은 정확한 파악이 불가능했다. 이게 작전에서 가장 중요한 부분을 차지함에도.

하지만 그렇다고 작전을 안 할 수는 없는 일.

강행했고, 현재 작전은 최소 중반을 넘어 거의 후반으로 들어서고 있었다.

'후우, 운에 맡긴다? 아니, 아니야. 운 따위, 내가 운이 좋았으면 이런 곳에 떨어졌을 리도 없지.'

한숨과 함께 달리는 말 위에서도 휘안의 고민은 계속됐다. 자신은 리더. 어떤 수라도 내놓아야 했다. 그리고 그 수는 꽹

장히 신중해야 했다.

자신의 실수 하나에 예나체리와 그리터의 목숨이 달려 있었다. 더불어 자신의 목숨까지. 요행 따위는 절대로 바라서는 안 됐다.

정확하고 확실한 선택을 해야 했다.

'하지만 정보가……'

그래, 정보가 너무 부족했다.

확실치 않은 정보로 잘못된 선택을 하게 되면 돌아오는 후폭풍은 정말 감당하기 힘들어진다. 그럼 그 후폭풍은 어떤 식으로 올까?

가장 쉬운 예로, 그리츠 때처럼 온다. 확언할 순 없지만 그럴 가능성이 가장 컸다. 이곳은 전장이고, 실수의 대가는 바로 죽음으로 직결되니까.

그게 전장의 정석이고 실수의 정석이니까.

그래서 휘안은 신중했다.

말안장 위라 몸이 퉁퉁 뛰는데도 머리는 고속으로 회전했다.

'좀 더 끌어? 아니면 이대로 진로를 바꿀까?'

휘안은 선택의 폭을 좁혔다.

이대로 빅터의 뒤를 쫓을까, 아니면 좀 더 자신 쪽으로 오게 만들까. 이 두 가지의 선택지에서 휘안은 필사적으로 고민했다.

현재 자신과 예나체리, 그리터의 안전을 생각하면 지금 다시 진로를 변경해 빅터의 뒤를 쫓는 게 좋았다.

하지만 빅터가 안전할 거라는 자신의 생각이 만약 틀렸다면? 빅터를 쫓는 무리가 있다면? 자신이 그 뒤를 따르면 결국엔 현재 자신을 쫓던 무리까지 전부 빅터 쪽으로 몰린다. 자신이 그 경로로 들어가니 그건 당연한 일이다.

물론 확신은 한다.

빅터를 쫓는 적이 없을 거라는 걸.

아니, 확신하지 못하겠다.

혹시 있으면……?

'미치겠다, 진짜…….'

휘안은 섣불리 결단을 내리지 못했다.

그리고 그럴수록 점점 휘안은 빅터와 멀어졌다.

시간이 지날수록 점점.

*　　*　　*

휘안의 두 가지 고민.

그중 하나가 빅터를 쫓는 적이 있으면 어쩌나이다.

그리고 그 고민은 맞았다.

"음……."

먼지를 일으키며 질주하는 빅터의 앞을 가로막으며 점점

다가오는 일단의 무리. 누가 봐도 군부의 기마대다.

도대체 어느 정도의 병력이 이곳에 풀렸는지 모르겠다.

지금 당장 빅터의 앞을 가로막은 적만 해도 상당히 많아 보였다. 어림잡아도 몇백 이상. 휘안도 몰랐지만 현재 이곳에 풀린 기마대는 꽤 된다.

오백 명 열 개 조.

총 오천이 슬리핑 포레스트를 주변으로 풀러 있었다. 하지만 숲을 중심으로 두고 포진했기 때문에 현재 휘안이나 빅터가 가는 쪽에 있는 병력은 네 개 조가 전부였다.

그나마 다행인 건 휘안의 세 번째 머리 덕에 한 개 조가 반파됐다는 것?

이거 하난 불행 중 다행이었다.

"황녀님, 꽉 잡아주십시오. 그리고 눈을 감고 절대로 뜨지 말아주십시오."

"네……."

질끈.

메리힘 황녀는 빅터의 말에 떨리는 목소리로 대답하고는 바로 눈을 감았다. 이 남자가 이렇게 길게 말한 건 처음이다. 하지만 그의 낮고 신중한 목소리에 사태의 심각성을 이미 깨달은 황녀다.

그래서 바로 눈을 감았다.

물론 전방에서 들리는 지축 울리는 소리도 황녀의 눈을 감게 하는 데 도움을 줬다.

스윽.

빅터는 방천화극을 길게 늘어뜨렸다. 그리고 천천히 말의 속도를 늦췄다.

"후우……."

심호흡을 하는 빅터.

적은 많다.

하지만 빅터는 저걸 뚫을 생각이다. 잠시 생각을 해봤지만 저길 뚫고 달리지 않으면 결국은 돌아가야 하는데, 그렇게 되면 또 적이 얼마나 늘지 알 수 없었다.

거기다가 딱 보니 아까 그 기마대다.

빅터는 그때 같은 실수는 하지 않겠다고 생각했다.

휘안이 그랬다.

멈추지 말고 달리고, 가로막는 게 있으면 다 뚫고 달리라고, 그렇게 해주리라 믿고 있다고. 빅터는 다시 의지를 다듬었다.

"후우! 이럇!"

빠르게 정신 무장이 끝났다. 그리고 말의 옆구리를 박차며 내달리기 시작했다. 순식간에 간격이 좁혀지기 시작했다.

"지금이다! 쏴라!"

순간적으로 들려온 목소리다.

빅터는 순간적으로 들려온 목소리에 깜짝 놀라 옆을 쳐다봤다. 그리고 바라본 시선에는 수풀 속에서 일제히 일어선 백여 명이 보였다.

그들은 손에 조잡하지만 활이 들려 있었다.

'이런……!'

조준점이 누가 될진 모른다. 더불어 저들의 정체도 모른다. 빅터는 이를 꽉 깨물었다.

핑!

핑핑!

순간 화살이 날았다. 수풀과의 거리가 가까웠기 때문에 화살은 직선으로 날았다.

"으악!"

"뭐, 뭐냐!"

비명은 적 기마대에게서 들렸다.

그러면서 빅터는 순간 눈에 불을 뿜었다. 딱 한 번의 공격으로 느낀 것이다.

저들은 적이 아니라는 것을.

"하아아아아……!"

빅터의 입이 열리며 긴 기합 소리를 내뱉었다.

그리고 화살 공격으로 흐트러진 기마대와 격돌.

스아악!

날카로운 예기를 담고 있는 궤적이 번쩍이면서 선두의 적이 비명도 지르지 못하고 두 동강이 났다.

"흐읍……!"

빅터는 다시 기합을 가다듬으며 회수한 창을 옆으로 길게 내질렀다.

"컥!"

"크악!"

방천화극에 달린 월아가 독아를 번뜩이며 순식간에 다시 둘의 목숨을 갈랐다.

"지금! 다시 쏴라!"

핑!

핑핑!

다시금 수풀 속에서 나타난 집단이 사격을 가했다. 단 백여 명이 쏘는 화살이지만 그건 굉장히 위협적이었다.

그리고 실제로 그 화살 사격은 몇십의 목숨을 앗아갔다. 말에 맞으면 말이 고꾸라졌다. 그리고 그 위의 병사는 낙마.

이런 돌격에서 일어나는 낙마는 병사의 목숨도 위협하지만 더 위협적인 건 바로 군단의 돌격을 방해한다는 거다.

후미가 말의 낙마에 진로가 막혀 돌격이 멈춰 버렸다.

기마대의 생명은 속도다.

속도를 이용한 전술, 추적, 돌격이 기마대를 운용하는 이유다. 하지만 말이 멈춰 버리면 생명이 멈추는 것과 같다.

"뭣들 하는 것이냐! 어서 전열을 갖추고 돌격해라!"

"네!" 뒤에 있던 중사 계급의 부사관 하나가 고래고래 소리를 질렀다.

하지만 한번 멈춘 돌격은 쉽지가 않다. 거기에 이번에는 수풀 속에서 일어난 집단이 반씩 나눠 다시 전열과 후미에 사격을 가했다.

"이, 이이……! 모두 저들을 공격해라!"

단지 50발의 화살이다.

하지만 그건 빅터에게 굉장히 큰 도움이 되고 있었다.

그 예로…….

"아악……!"

빅터의 돌격은 계속되었다.

촘촘하게 밀집 진형으로 돌격을 해온 게 아니라서 빅터가 창을 휘두를 간격은 상당히 넓었다. 그리고 그게 빅터의 생명줄이 되어주었다.

휘두르고, 회수하고, 다시 휘두르고.

이게 무한 반복이었다.

물론 말은 달리고 있었다.

비명이 끊이지 않고 앞 열에서 터져 나왔다. 거기에 비명과 어우러져 피의 향연. 목이 떨어지고 팔이 떨어졌다.

병사의 신체가 잘리지 않으면 말이 갈리고, 베였다.

그야말로 괴물 같은 무력(武力).

진정한 철혈의 무력을 가진 투사가 흉신악살이 되어 기마대를 꿰뚫었다.

"으아아아아아······!"

창공을 꿰뚫는 거대한 고함.

"으으······."

기마대가 흠칫하며 옆으로 피했다.

당연한 일이었다.

인간이라면 당연히 공포라는 감정을 가지고 있다. 선두에서 달리던 자신들의 전우가 피분수를 뿜으며 모두 날아갔다.

아니, 죽었다.

나는 그 전우보다 뛰어난가?

아니었다.

아무리 뛰어나다고 해봤자 서로가 거기서 거기였다. 도토리 키 재기란 소리다. 그럼 저 앞을 막으면 죽는다.

그런 감정이 확산되고, 그 감정의 확산은 빅터의 앞을 막지 않고 피하는 결과를 보였다. 일인이 보여줄 수 있는 가장 확실한 무력이었다.

방천화극.

천생천력.

그리고 재능.

이 삼박자가 빅터를 거의 일인군단 급 무력을 보유하게 만들었다. 물론 이 정도의 병력에게만 통하는 무력이다.

빅터는 결국 전열을 뚫었다.

그의 창에 목숨이 떨어진 적의 숫자는 거의 서른에 가까웠다. 나머지는 옆으로 비켜선 것이다.

이미 기마대를 이끄는 소대장은 빅터에게 죽었다. 어깨부터 사선으로 갈려서. 명령을 내릴 수 있는 계급에 있는 군인들은 소대장이 죽으면서 바로 빠져 버렸다.

빅터라는 괴물을 대적해 목숨을 잃고 싶지 않았기 때문이다.

자존심?

빅터의 공격을 피한 병사도, 막은 병사도 없었다.

그런 무력 앞에선 자존심을 부리기엔 저 한 자루의 창이 너무나 무섭다.

따가닥따가닥.

빅터의 돌격이 멈췄다.

하지만 이번 돌격은 일부러 멈춘 것이다. 이들은 이미 빅터에게 질렸다. 어차피 공격도 더 이상 못할 것이다.

빅터를 중심으로 타원형의 공간이 만들어졌다.

스윽.

빅터가 창을 휘둘러 묻은 피를 털어냈다. 그리고서는 아무런 말도 하지 않고 기마대를 둘러봤다.

"……"

"……"

눈이 마주치자 서둘러 그 눈을 피하는 기마대 병사들.

이들은 이제야 확실하게 느꼈다.

빅터는 이미 자신들과는 차원이 다른 존재라는 것을.

둘밖에 남지 않은 지휘관은 병사의 등 뒤로 숨었다. 괜히 나섰다가 계급이 높다는 이유로 죽기 싫었기 때문이다.

빅터는 한동안 기마대를 굳은 얼굴로 바라보더니 곧 전면으로 말을 몰았다. 그러자 그 앞을 막고 있던 기마대가 서둘러 길을 텄다.

막고 있다 저 창이 자신에게 날아오는 걸 겁냈기 때문이다.

빅터는 뚫린 그 길을 따라 천천히 지나가다 곧 속력을 올려 하나의 점이 되어 사라졌다. 그리고 수풀 속에서 화살을 날리던 거지패도 어느새 자취를 감췄다.

한참을 달리던 빅터는 다시 천천히 말의 속도를 줄이며 말했다.

"이제 눈 뜨셔도 됩니다."

"끝났나요?"

"네, 끝났습니다."

"…흑!"

황녀는 울음을 터뜨렸다.

"……."

빅터는 아무런 말도 하지 않았다.

이제 배까지는 얼마 남지 않았다.

제45장
숨 막히는 추격전

제국의 군인
Soldier of EMPIRE

약 400명, 아니, 그보다 좀 더 많나? 하여튼 500이 넘지 않
는 기마 무리가 이미 날이 밝아 환해진 평야를 질주하고 있었
다.

"이랴! 이랴!"

그리고 그 무리의 선두에는 세 마리의 말이 이끄는 삼두마
차가 있었다. 마차를 모는 사람은 둘, 그리고 여자였다.

볼 것도 없이 예나차인, 테일러였다.

예나차인의 행색은 그나마 깨끗했지만 테일러는 아니었
다. 흡사 핏물에 들어갔다 나온 것처럼 온몸이 피에 젖어 있
었다.

테일러의 이런 모습은 당연했다.

동문에서 안센 준장의 목을 치는 걸 시작으로 수도 없이 많은 군부의 병사들을 죽였다. 같은 제국의 국민이지만 테일러는 조금도 망설이지 않았다.

주군인 황녀를 위해서였다.

그래서 지금 테일러는 피에 젖은 나찰이 되어 있었다.

그 뒤를 따르는 특전사, 그리고 로열 나이트들도 마찬가지였다. 그들도 많은 수의 제국 군인들을 죽이고 나왔다.

그래서 당연히 피에 젖었다.

이들은 악마인가?

어쩌면 그럴지도 모르겠다.

죽은 제국의 군인들에게는.

그리고 그런 악마들을 막은 일단의 무리가 있었다.

너무나 광범위하게 앞을 틀어막고 있었기에 예나차인은 돌아갈 수가 없었다. 결국 천천히 마차를 세웠다.

물론 뒤를 따르는 특전사 로열 나이트들도 멈춰 섰다.

"으음, 팔브로케 소장……."

예나차인이 앞길을 가로막은 선두의 인물을 보면서 침음을 흘렸다.

팔브로케 소장.

제국 아카데미의 학장이면서 군인.

또한 제국의 초인.

12검 중 상석 세 번째의 군인.

제국이 자랑하는 위대한 검사이자 군인이다.

그의 초인명은 '정중한 검'.

그 자리에 서서 아주 정중하게 상대를 마주하는 검사다.

그는 자신이 만든 필드에서 움직이지 않는다. 하지만 적은 죽거나 항복한다.

그런 팔브로케 소장을 자신이 설정한 필드에서 움직이게 할 수 있는 사람은 알스테르담 제국 내에 딱 둘뿐이다.

그 첫째가 일검좌 지크프리트 중장.

그 둘째가 지금은 은검(隱劍)이라 불리는 로열 나이트 단장.

엘리자베스 황녀는 상석 중 네 번째고, 엘초이 로열 나이트 부단장은 다섯 번째다.

그런데 지금 이 순간 팔브로케 소장이 저 앞을 막고 있다.

암담한 상황이다.

테일러 또한 마찬가지로 굳었다.

테일러가 아무리 이레귤러 급 무기와 갑주인 로즈 티어와 풀 플레이트 메일을 걸쳤다고 해도 정중한 검 팔브로케 소장에겐 상대가 안 된다.

팔브로케 소장을 막고 싶으면 최소한 엘리자베스 황녀가 나서줘야 한다. 하지만 엘리자베스 황녀는 지금 온몸의 근육이 비명을 지르는 상황, 아니, 지르다 못해 찢어지고 갈라지는 상황이다.

그래서 지금 거의 실신해 있다시피 마차에 실려 있다. 의료학에 지식이 있는 특전사 하나가 같이 타서 보살피고 있고.

마차가 멈춰 서자 팔브로케 소장이 느긋하게 말을 몰아 마차 쪽으로 다가왔다. 그런 팔브로케 소장의 행동에 엘초이 단장이 마차 앞으로 나왔고, 로열 나이트가 마차를 에워쌌다.

대화가 가능한 거리까지 오자 다시 멈춰 선 소장. 그리고 입을 열었다.

"오랜만이오, 엘초이 부단장."

"소장님도 오랜만입니다."

팔브로케 소장은 반 하대를 썼고, 엘초이 부단장은 존대를 썼다. 나이도 팔브로케 소장이 많지만, 가진바 지위의 위치도 무력도 팔브로케 소장이 높았다.

"저기 뒤의 마차에 황녀님이 계시오?"

"그렇소."

소장의 물음에 엘초이 부단장은 수긍하며 대답했다. 이미 팔브로케 소장은 확정적으로 얘기했다. 물어보는 게 아닌, 확정 짓고 확인만 하는 말투다.

그랬기에 엘초이 부단장은 부정하지 못했다. 거짓말이 통할 상대가 아닌 것이다.

"몸이 많이 상한 모양이군. 하긴 일 년 가까이 그런 연기를 하다가 검을 휘둘렀으니 당연한 결과겠지. 그래, 무사하시긴 하오?"

"무사하십니다."

걱정하는 말투다.

하지만 진짜로 황녀를 걱정하는 건 아닐 것이다.

"한번 검을 맞대보고 싶었건만…… 아쉽군. 그래, 엘초이 부단장. 나랑 검을 맞대보시겠소? 부단장 정도면 내 검을 받기에 부족함이 없겠는데."

"그전에… 물어보고 싶은 게 있습니다."

"허허, 물어보시오."

"후우, 대체 왜 삼황자 편에 서셨습니까?"

"으음……."

엘초이 부단장의 물음은 전부가 궁금해하는 부분이었다.

정중한 검 팔브로케 소장은 모두가 인정하는 정의로운 군인이다. 그는 단 한 번도 비리를 저지르지 않았고, 정의를 숭상하며 제국 국민의 안위를 생각하는 군인 중의 군인. 팔브로케 소장이 이런 사람이라는 건 누구도 부정하지 못했다.

하지만 왜?

왜 여기서 앞길을 막고 있지?

그는 정의로운 군인인데.

이게 모두가 궁금해하는 의문이었다.

"허허, 검에 더 이상 녹이 스는 게 싫었기 때문이라오."

"……."

녹이 슨단다.

검에.

엘초이 부단장을 비롯한 전부가 그 말을 알아들었다.

무료했다는 뜻이다.

아카데미 학장을 하는 동안.

그는 군인이지만 검사다.

대륙에서도 수위를 다투는.

그런 그가 아카데미에서 군인을 양성하면서 보낸 시간이 십 년이 넘는다. 감각이 무뎌지지 않았지만 그의 마음이 어땠는지 어쩌면 알 만도 했다.

"그래서… 삼황자파에 붙으셨습니까?"

"그렇소."

"삼황자가 어떤 인물인지는 알고 계십니까?"

"당연하오. 그는 본심을 내비치고 나와 얘기했으니까."

"그런데도… 그런데도 그의 편에 드셨습니까? 제국민은…… 제국의 군인들은 생각 안 하셨습니까? 피바람이 몰아칠 겁니다!"

"영광의 길로 가는 역사엔 언제나 피가 따르는 법이라오."

"그 무슨……!"

엘초이 부단장의 외침에 팔브로케 소장은 담담하게 대답했다. 그 목소리에는 한 점의 머뭇거림도 없었다.

이미 마음을 굳혔다는 소리다.

하지만 팔브로케 소장의 말도 맞는 말이긴 하다. 대륙 어떤 왕국이나 제국에 피 안 흘린 역사는 없다.

영토를 확장하려 해도 피가 흐르고, 왕좌를 탈환하려고 해도 피는 흐른다.

어떻게 해도 피가 흐를 수밖에 없다는 소리다.

"제국이… 제국이 피폐해질 겁니다!"

"우리가 잘하면 되오. 그리고 대체 언제까지 가진 영토를 방어만 할 것이오? 우리는 매번 침략당했소. 거의 백 년이 넘도록 말이오. 그렇게 죽어간 군인이 대체 몇이오? 차라리 침략이라도 했더라면… 억울하지는 않을 것이오. 기다리다 맞아 죽는 것이 현재 제국의 현실인데… 이걸 계속 지켜보아야 하오? 그래야 하오? 그게 진정 로열 나이트 부단장인 당신의 생각이오?"

"그래도…… 그래도 이건 아닙니다! 삼황자는 황태자님을 암살했고! 이황녀님은 물론 오황녀님도 살해하려고 한 인물입니다! 그런 악독한 자에게 제국을 맡기다니… 말도 안 됩니다!"

피식.

정중한 검이라더니 이 비웃음은 뭘까.

"좀 전에도 말했소, 영광의 길로 가는 역사엔 피가 흐르게 마련이라고."

"……"

그 대답에 엘초이 부단장은 말문을 닫았다.

더 이상 설득이 불가능하다는 걸 알았기 때문이다. 아니, 애초부터 설득이 불가능했다. 그는 전투를 원하고 있었다.

상대가 누구든지 말이다.

그렇게 대화가 끝나고 잠시 침묵하더니 이번엔 팔브로케 소장이 엘초이 부단장에게 물었다.

"그럼 나도 하나 묻겠소. 부단장은 왜 이황녀님을 따르오?"

"사부가 제자를 구하겠다는데… 무슨 문제가 있겠습니까?"

그 대답에 팔브로케 소장은 고개를 끄덕였다.

황녀가 어렸을 적에 검술 스승이 엘초이 부단장이었다. 그 때는 상급기사 시절이었지만 그렇다고 변하는 건 없었다.

지금은 자신보다 뛰어나긴 하지만 철장 안에 갇힌 새 신세가 됐기에 엘초이 부단장은 길버트 중장이 은밀히 찾아와 한 부탁을 단숨에 받아들였다.

엘초이 부단장은 길버트 중장이 꺼낸 가장 큰 패다.

"이제 슬슬 대화는 그만하고… 검을 좀 맞대고 싶은데, 아직도 더 시간이 필요하오?"

마상에서 검을 뽑으며 하는 팔브로케 소장의 말에 엘초이 부단장은 검을 뽑으면서 크게 외쳤다.

"전원 전투 준비!"

"네!"

대답을 들은 엘초이 부단장은 잔뜩 긴장해 있는 예나차인과 테일러에게 조용히 말했다.

"내가 돌격 명령을 내리면 바로 뒤돌아 도망가라. 이곳은 내가 반드시 막겠다. 특전사들이 뒤를 받쳐주며 갈 것이다.

부디… 황녀님을 무사히 북부군까지 모시고 가다오.”

“네.”

“알겠습니다.”

도망가라 말하고 있다.

평소의 테일러라면 절대로 수긍하지 않았을 테지만 지금은 수긍해야 하는 상황이었다.

까드득!

대신 이가 갈리는 것만큼은 막지 못했다.

“부탁한다.”

“……”

“……”

마지막으로 한 말은 부탁한다.

엘초이 부단장은 이미 여기가 자신이 죽을 자리임을 알고 있었다. 그리고 길버트 중장도 이곳에서 죽어달라고 자신을 포섭한 것이고.

그래서 길버트 중장은 미안하다고 했던 것이다.

적의 병력은 거의 일천.

문제는 마도 라이플 부대라는 점.

그게 가장 최악의 문제였다.

기동력을 올리기 위해 로열 나이트는 물론 특전사들도 가죽 갑옷을 제외하면 아무것도 걸치지 않았다.

저 정도의 마도 라이플 부대가 일제 사격을 가한다면 지옥

문이 열릴 테고, 열린 그 지옥문으로 특전사들과 로열 나이트
들은 모조리 빨려 들어갈 것이다.

"후우! 돌격!"

"우와아아아!"

"으아아아아!"

로열 나이트들도 죽음을 예감했는지 이를 악물고 고함을
지르며 돌격했다. 그리고 그 순간 예나차인은 마차를 돌려 뒤
로 돌아갔다.

이를 악물며 흐르는 눈물을 닦을 생각도 하지 못한 채 그녀
가 할 수 있는 일은 마차를 돌려 도망치는 것밖에 없었다.

그리고 아주 잠시의 시간이 지났을 때…….

타앙……!

.

.

.

로열 나이트 38인 전사.

초인 엘초이 부단장 전사.

특전사 320명 전사.

이들이 묻힌 곳은 노스 평원 초입이었다.

제46장
휘안의 선택

제국의 군인
Soldier of EMPIRE

빅터가 돌파를 성공한 그 시점.

휘안도 걸딘을 내렸다.

"정지."

휘안의 말에 옆에서 달리던 예나체리, 그리터도 속도를 늦췄다. 아직까지 휘안을 쫓아오는 느낌은 없었다. 그걸 느낀 지금, 휘안은 어쩐지 불안함을 느꼈다.

지금쯤이라면 어느 부대와도 한 번쯤은 부딪칠 줄 알았다. 하지만 쫓아오는 기미도 없다.

"젠장……."

"왜 그러십니까?"

휘안의 짜증 서린 말에 예나체리가 물었다.

"아무도 우릴 안 쫓아와. 이게 뭘 뜻하겠나?"

"음, 빅터 하사를 쫓아간 겁니까?"

"아무래도… 그렇다고 봐야지."

"그럼 빨리 돌아가야 합니다. 황녀님이 위험합니다."

"그럴 거야. 하지만… 조금만 더 생각해 보고."

예나체리는 그녀의 성격답게 휘안의 말을 듣고도 흥분하지 않았다. 이건 그녀의 큰 장점이었다.

"무슨 생각 말입니까? 지금은 한시가 급합니다."

"알아. 아는데…… 찜찜해. 가면 안 될 것 같은 기분이 든단 말이야."

"감이 오신 겁니까?"

"그래. 가면 안 돼. 이런 촉이 온다고…….'

휘안은 현재 느끼고 있었다.

상황만 보자면 당장 빅터 쪽으로 가는 게 맞았다. 근데 휘안 특유의 감이 막고 있었다. 그것도 굉장히 쿡쿡 찌르는 느낌으로 강하게.

가지 마라.

가면 큰일 난다.

가면 죽는다.

이런 육감(六感)을 바탕으로 전해오는 예지(叡智)에 비슷한 감이다.

까드득!

휘안은 이를 악물었다.

어떻게 해야 할까.

어떤 방법을 써야 할까.

돌아가야 할까.

아니면 이대로 더 달려야 할까.

"시발, 미치겠네."

이 정도면 돌아가는 게 정말 맞는 일인데, 육감은 가면 뭔 일 난다고 강렬하게 경고하고 있었다.

이번 작전에서 이런 감이 온 건 처음이다.

예전 작전에서는 받은 적이 있었고, 살아남을 수 있었다. 숲으로 가면 죽는다는 그 육감의 경고 덕분에 말이다.

"하아……."

시간은 조금씩 계속 흐르고 있건만 휘안은 결정을 선뜻 내리지 못했다. 잘못 내린 결정 하나가 어떤 결과를 몰고 오는지 잘 알기 때문이다.

잘못하면 포위고, 재수없으면 죽는다.

그걸 휘안은 잘 알고 있었다.

리더의 임무.

최선의 선택을 내려야 하는 입장.

그 중압감이 천천히 휘안을 휘감고 내리누르기 시작했다.

"후우, 빅터한테 간다."

“네, 알겠습니다.”

휘안은 중압감을 이겨내고 결정했다. 빅터를 쫓아가기로.
이 선택이 휘안은 최선이라고 생각했다.

자신들보다 빅터와 황녀를 살리는 게 더욱 중요하기 때문
이다.

그리고 이 육감은 다른 하나를 더 보냈다.

동료보단 자기 자신이 위험하다고.

그렇다면 그걸 뚫겠다고.

자신의 의지로 정면 돌파하겠다고.

그래서 휘안은 합류 지점으로 향하기로 결정했다.

“이랴!”

휘안이 출발하자 그 뒤를 따라 예나체리와 그리터도 같이
달렸다. 그렇게 얼마나 달렸을까. 휘안이 빅터를 걱정했던 이
유, 그 이유와 딱 마주했다.

아니, 마주했다기보다는 뒤를 잡았다.

먼지를 날리며 굉장한 속도로 질주하는 일단의 무리.

끝만 보이지만 휘안은 아침 해를 받아 등 뒤에서 반짝거리
는 긴 막대기를 봤다.

“봤지? 반짝이는 저거.”

“네, 마도 라이플이 분명합니다.”

“그럼 쉐도우 나이트란 소린데… 빅터가 어느 정도나 갔는
지 모르겠어서 마음을 놓을 수가 없겠는걸.”

"동감입니다. 후우, 뒤를 잡아 습격하는 게 좋겠습니다."

"나도 그 생각이야. 그리터, 화살 몇 발이나 남았지?"

"……."

휘안의 물음에 그리터는 화살통을 돌려 보여줬다. 그리고 그 큰 통이 거의 텅 비어 있는 모습을 보고 휘안은 한숨을 쉬었다.

"후우, 대충 열 발 조금 넘네. 좀 애매한데……."

그리터의 화살도 이제 거의 다 떨어졌다.

마도 라이플.

원거리 사격이 가능한 마도제국 알스테르담이 자랑하는 병기다. 그런 마도 라이플에 대항하려면 역시 같은 원거리 사격으로 대항하는 게 정답이다.

하지만 그리터의 화살은 겨우 십여 발이 조금 넘는 상태. 결국 기습 작전도 힘들다는 소리다.

"어쩔 수 없지. 일단 뒤쫓는다. 그리고… 공격을 할 조짐을 보이면 바로 그리터가 기습하고 다시 도망친다. 그것밖에 없겠어."

"알겠습니다."

"조심하자. 일단 거리를 두고 쫓자."

"네."

사라진 쉐도우 나이트를 따라 휘안도 이동을 시작했다. 하지만 바짝 뒤쫓진 않았다. 괜히 발각됐다가는 감당이 안 되기 때문이다.

멈춰 서서 집중 사격을 때리면 바로 벌집이 된다. 자신이야 방패가 있지만 예나체리나 그리터는 막을 방법이 전혀 없다.

그랬기에 휘안은 적당한 거리를 두고 쫓았다.

그렇게 또 한동안을 달렸을 때, 휘안은 멈춰 서야 했다. 쉐도우 기사단이 멈췄기 때문이다. 그에 따라 휘안이 느끼는 긴장도가 급상승했다.

"뭐지? 빅터를 발견했나? 그럴 리가 없는데?"

휘안이 잔뜩 굳은 얼굴로 중얼거렸다.

옆에서 휘안의 말을 들은 예나체리와 그리터의 얼굴이 확 굳었다.

쉐도우 나이트가 왜 멈췄을까?

무언가를 발견했거나 목표와 조우했기 때문에 멈췄다고 봐야 했다. 휘안은 그게 빅터인가 하는 생각에 마음이 불안했다.

흠칫.

끝 열이 등에 멘 긴 막대기를 뽑았다.

"시발! 그리터, 준비해."

휘안이 욕설과 함께 그리터에게 명령을 내렸다. 이미 그리터는 활을 꺼내 시위에 재고 있었다.

"쏴!"

휘안이 외쳤다.

이미 라이플이 사격 자세에 들어갔다.

핑!

화살이 시위를 떠나 빛의 속도로 거리를 갈랐다. 곡사가 아닌 직사로 날아가는 무시무시한 활의 위력과 속도.

하지만…….

탕!

타다다다당!

"안 돼!"

늦었다. 이미 그리터가 시위를 당기는 순간 쉐도우 나이트도 조준을 끝냈나 보다. 화살이 뒤쪽에 있는 적의 등판을 꿰뚫는 그 순간 마도 라이플도 격발됐다.

천지를 뒤흔드는 이 소리가 그걸 증명했다.

"쏴! 그리터! 계속 쏴!"

쫘드드드득!

핑!

훨리언트 보우에서 화살이 계속 떠났다.

탕!

타당!

그러나 마도 라이플에서도 마찬가지였다. 계속해서 격발음이 들렸다.

"으악……!"

"시발! 개새끼들아! 다 죽어! 으아아아!"

고함이 아닌, 피를 토하는 비명이 들렸다.

휘안은 그 순간 안도했다.

"여러 명? 빅터가 아냐?"

여러 명이 비명을 질렀다는 건 빅터가 아니라는 걸 뜻했다. 그건 휘안에게 안도감을 줬다. 하지만…….

그럼 저 비명은?

"잠깐, 그럼 누구? 아악! 거지패! 이런 젠장!"

저 비명의 주인이 누군지 순간 생각났다.

최초 쉐도우 나이트에게 쫓겼을 때 자신들을 위해 희생한 거지패의 돌격조.

그들은 모두 죽었다.

그 수가 오백.

근데 여기에 또 거지패가 나타났다.

왕초가 길목 길목에 거지들을 투입시켰기 때문이다. 생목숨이 날아간다? 맞는 말이다. 하지만 거지패의 분노는 하늘을 찌른다.

여기에 투입된 거지들은 전부 자의로 나온 거지들이다. 수도에서 가족을 전부 잃은 거지들. 그 수가 거의 600이다.

정보를 수집하러 수도를 나가 있던 거지들이 이 비극을 듣고 왕초에게 찾아왔고, 왕초는 결단을 내렸다.

그는 알고 있었다. 휘안의 작전이 아무리 뛰어나도, 머리가 아무리 좋아도 그들 넷이 초인이 아니라면 절대로 그곳을 무사히 벗어나지 못할 것이라고.

그렇게 해서 거지들이 이곳에 있다.

600에 육박하는 거지들이.

그리고 죽어가고 있다.

오직 복수를 위해서.

물론 이 거지들이 의(義) 협(協)에 위해 움직이는 어느 소설 속의 단체와 굉장히 비슷한 성질을 가졌다는 걸 휘안은 모르고 있었다.

까드득.

휘안의 이가 거칠게 갈렸다.

아까에 이어 또 이러니 어쩔 수 없는 반응이다. 그 오백이 죽고 나서 휘안은 제대로 미쳤었다.

자신 때문에 누군가가 희생하는 이런 경험 자체가 처음이었기 때문이다. 그래서 잔인한 학살을 일삼았다.

두 눈에 광기를 담고 적을 피 떡으로 만들었다.

메리힘 오황녀가 그때 깨어나지 못했다면 아마 누구도 멈추지 못했을 것이다.

그런데 지금 또 그런 일이 일어나고 있다.

현재 진행형으로 말이다.

"……."

"……."

"……."

셋은 침묵했다.

그리고 슬금슬금 위험한 눈빛으로 변하기 시작했다.

그중 가장 위험한 건 바로 휘안.

"죽인다."

번들거리는 광기.

세 번째 머리가 다시금 수면 아래에서 부상하고 있었다.

제47장
광기(狂氣)의 부상(浮上)

제국의 군인!
Soldier of EMPIRE

맨 앞에 있던 기사가 손을 들었다. 그의 이름은 멜코이. 쉐도우 나이트의 부단장을 맡고 있는 기사다.

"그만, 생존자들을 죽여라."

"네!"

멜코이는 이미 전부 쓰러져 있는 거지패를 확인 사살하라 명령을 내렸다. 그리고 그의 명령을 따라 50인의 기사가 말에서 내렸다.

마도 라이플이 쓸고 지나갔다.

거지패들은 순식간에 전멸했다.

"멜카이, 탄은?"

“다 썼어.”

멜카이라고 불린 기사. 그는 멜코이 부단장의 동생이다. 쌍둥이는 아니고, 몇 년 차이 나는 동생.

동생의 말에 멜코이는 인상을 찌푸렸다. 아직 도주한 적과 황녀를 탈환하지도 못했는데 마도 라이플의 탄을 다 써버렸다.

라이플은 쉐도우 나이트의 주무장이다. 보조무장은 석궁. 이런 원거리 무기를 이용하는 쉐도우 나이트라서 라이플의 탄을 다 쓴 건 꽤나 심각한 일이다.

“기습입니다!”

“뭐?”

그때 후미에 있던 기사 하나가 달려와 급히 보고했다. 그의 얼굴에 피가 붙어 있었다. 그리터의 화살이 옆에 있던 기사의 머리를 뚫으며 튄 피다.

“후미에서 기습이 있었습니다! 네 명이 당했습니다!”

“뭐에 당했나!”

“활입니다!”

“……”

부하가 보인 화살을 본 멜코이는 잠시 말을 잃었다. 화살의 크기 때문이다. 딱 봐도 일반 화살보다 크다.

이런 화살이 있다는 건 보지도 듣지도 못한 멜코이다.

“삼조는 뒤를 경계해라! 이조는 서둘러 작업을 끝내고 합류해라!”

"네!"

"네!"

뒤쪽의 기사들과 앞쪽에서 확인 사살을 하던 기사들이 동시에 대답했다. 화살의 크기에 잠시 놀라긴 했지만 크게 걱정하지는 않았다.

중간에 반파되어 도망치던 기마대를 만나서 그 가마대원이 악마니 뭐니 횡설수설하는 소리도 들었지만 그것도 크게 신경 쓰지 않았다.

어차피 그래 봤자 몇 명이라고 들었기 때문이다.

합류하지 않는 쉐도우 나이트 다른 조가 있지만 그것도 신경 쓰지 않았다. 다만 다른 곳에서 포위망을 좁히고 있을 거라고 생각했다.

숲 속으로 들어가지 않고 마법 피리로 상황을 전달 받고 그대로 달려왔기에 생긴 일이다.

그들이 숲 속에서 전부 죽었을 거라는 생각은 꿈에도 하지 못했다.

그래서 이번에도 대수롭지 않게 생각했다. 겨우? 이 정도로 생각한 것이다. 최초에 마주칠 뻔했을 때 휘안이 도망친 것도 나름 멜코이의 이런 생각에 힘을 실어줬다.

악마같이 강했다면 도망칠 이유가 없지.

이런 생각을 하고 있었기 때문이다.

하지만 패착이었다.

크나큰 실수였고, 진실로 바보 같은 생각이었다.

핑!

"음?"

어디선가 들려온 활시위 튕기는 소리.

그리고 뭔가 번쩍한 것 같은데…….

"크르르……."

옆에서 가래 끓는 소리가 들렸다. 단지 핑 하는 소리가 전부인데, 화살 한 발이 멜카이의 심장에 틀어박혀 있었다.

"어? 칵!"

핑!

퍽……!

순간 사태가 파악되지 않아 멜카이를 바라보던 멜코이의 심장에도 똑같이 화살 하나가 날아와 틀어 박혔다.

순식간에 부단장이라는 직위를 가진 기사가 죽었다.

심장에 화살이 박혔는데 죽지 않을 리가 없다. 만약 죽지 않는다면 그건 불사의 몸을 지닌 악마(惡魔)일 것이다.

그도 아니라면 악시온의 불사의 초인이든가.

하지만 이들은 그런 존재가 아니었다.

스르륵.

퍽!

두 구의 시체가 말 위에서 바닥으로 떨어졌다.

"기, 기습이다!"

"누구냐!"

이미 기습이 있는 걸 알고 있었으면서도 본능적으로 그렇게 외쳤다. 그렇게 외침으로써 상황을 모르는 다른 기사들이 대비를 하게 만들기 위함이다.

핑!

그러나 대비를 해도 쉐도우 나이트의 실력으로는 그리터의 저격을 막을 수 없었다. 궁술(弓術)을 이용한 저격(狙擊)은 이미 초인의 기술이다. 단지 기운을 실을 수 없다는 점 때문에 초인의 반열에 오르지 못한 것이다.

잘 쳐줘야 기사 중급 정도인 쉐도우 나이트들이 막을 수 있는 화살이 절대 아니란 소리다. 한 발의 화살이 다시 쉐도우 나이트의 복부를 관통했다.

"크, 크으……."

그 기사는 망연한 얼굴로 깃만 남기고 자신의 복부를 관통한 화살을 떨리는 손으로 부여잡았다.

하지만 잡기만 했을 뿐 어떤 행동도 하지 못했다.

뽑으면 출혈로 죽는다.

이런 본능적인 생각이 그 기사의 행동을 틀어막은 것이다.

"하마! 수풀로 숨어!"

가장 선임기사의 말에 말 위에 있던 기사들이 전부 말에서 내렸다.

말은 크다.

수풀에 숨길 수 없었다.

그래서 내린 결정이었다.

하지만 이것도 그다지 잘 내린 결정은 아니었다. 이들은 기습을 가한 이들을 잘 모르고 있었다.

근데 왜?

석궁은 뒀다가 국 끓여 먹을 때 쓰려고 하는 걸까?

마도 라이플에 익숙해졌기 때문에 석궁 소지에 대한 사실을 잠시 망각한 죄는 크게 받아야 할 것이다.

선임기사의 대가리가 그다지 좋지 않다는 것.

자신들이 기사라고 이해하고 있다는 것.

이게 이들이 죽어야 할 이유가 됐다.

사락.

그때 수풀을 헤치고 누군가가 걸어나왔다.

번들거리는 광기.

반드시 죽이겠다는 살기.

그래서 비틀린 미소를 짓고 있는 남자. 휘안이었다.

그리고 그런 휘안의 옆엔 차가운 예기를 줄줄이 뿌리는 여자가 있었다.

예나체리다.

그리고 그때 그리터는 이미 최초에 적을 죽였던 곳으로 달려갔다. 이유는 쉐도우 나이트의 화살을 챙기기 위해서였다.

상황은 톱니바퀴 물리듯이 돌아가고 있었다.

이미 말하지 않아도 그리터는 휘안이 무엇을 원하는지 아는 경지에 이르렀다. 그동안의 작전이 동료끼리의 교감의 끈을 만들어준 것이다.

"개새끼들, 사람 죽이니까 재밌지? 재밌어 뒤지겠지?"

으르렁!

짐승이 낮게 으르렁거리는 느낌.

휘안의 지금 말투가 딱 그랬다.

차갑게 가라앉다 못해 이미 번질거리는 광기. 필사의 인내로 그걸 제어하고 있는 휘안. 그러나 인내하고자 하는 마음보단 터뜨려 모든 걸 휩쓸고픈 마음이 더욱 강했다.

휘안은 지금 자신을 바라보는 쉐도우 나이트들을 박살 낼 자신이 있었다.

그건 이미 여러 번 겪어온 전투가 증명했다.

나날이 발전하는 휘안.

급소만 노리는 살인검.

이레귤러 급 무기와 방패.

수차례 사선을 넘었던 경험.

그리고 휘안 본인의 의지.

이 모든 게 휘안에게 지금 눈앞의 쉐도우 나이트들을 학살할 수 있다는 자신감이 아닌, 확신을 주었다.

물론 그런 확신은 그리터, 예나체리가 같이 있다는 이유도 크게 한몫했다. 이 둘도 결코 범상치 않은 존재들이니까.

그래서 셋이 모이면 시너지 효과가 지대하다. 만약 테일러까지 있었더라면 초인도 상대할 만할지 몰랐다.

"누, 누구냐!"

선임기사의 고함.

하지만 목소리가 떨리는 걸 보니 좀 전의 상황이 이들에게 동요를 주었음이 확실했다.

"나? 네놈들이 찾는 사람."

할짝.

휘안이 입술을 핥으며 대답했다.

스산하고 차가운 느낌이 물씬 풍겼다. 옆에서 지켜보는 예나체리조차 이런 휘안의 모습에 적응되지 않을 정도였다.

"네놈들이……. 황녀는 어쨌느냐!"

"황녀? 황녀어……? 시발새끼야, 황녀님이 네 친구냐? 어디서 반말 짓거리야? 그리고 늦었어, 새끼들아! 크크, 이미 황녀님은 이곳을 떠났지. 찾아봐야 소용없어. 큭큭."

거짓말이다.

아마 시간상 따져도 빅터는 이곳을 떠나지 못했을 것이다. 시간이 더 필요하다. 하지만 굳이 휘안이 이렇게 말하는 건 적을 교란시키기 위함이다.

더불어 저들을 죽일 마음을 독하게 품었으면서도 이렇게 대화를 하는 이유 역시 시간을 벌기 위함이다.

휘안이 광기에 젖었다고 해도 작전의 중요성은 잊지 않았다.

"네놈들이 감히… 그러고도 살길 바라느냐! 제국에 반기를 들고도 감히!"

"감히? 그놈에 감히는 진짜 지랄 나게도 찾네. 야, 미쳤어? 반기? 네놈들이 들었겠지. 황녀님을 유폐시키고, 황제 폐하를 해치고, 황좌를 탐하는 게 누군데? 이황녀님이냐, 아니면 삼황자냐?"

"이놈! 감히 황자님의 이름을 함부로 부르다니!"

선임기사.

이 새끼는 참 멍청한 놈이다.

하긴, 지휘관 급이 아니니 당연했다. 휘안이 그리터에게 지휘관 둘을 죽이게 한 건 정말 굿 초이스였다.

"너는 아니냐? 메리힘 황녀님의 이름을 네 친구 부르듯이 불렀잖아. 안 그래? 너는 되고 나는 안 되고. 이런 말 하고 싶은 건 아니겠지?"

"나는 상관없다!"

"왜? 너는 왜 상관없는데? 네가 황녀님의 남자라도 되냐? 그게 아니라면 아가리 닥쳐!"

"크크, 크크크크!"

"……."

그냥 해본 말인데, 그 그냥 해본 말이 휘안을 침묵시켰다. 이 미친 새끼들, 메리힘 황녀를 건드렸다.

휘안의 말에 반응을 보인 건 선임기사라는 놈 하나가 아니었다. 꽤나 많은 숫자의 쉐도우 나이트 기사들이 얼굴에 더러운 미소를 지었다.

아, 이해했다.

순간 그 상황에서 휘안은 모든 걸 이해했다.

그래, 그래. 멀쩡할 거라는 생각은 하지 않았다. 사실 메리힘 황녀를 정확히 설명하자면 말이 유폐(幽閉)지 사실은 폐기(廢棄)였다.

못쓰게 된 물건을 버렸다는 뜻이다.

삼황자 프리드리히는 뱀보다도 차가운 심성을 가진 놈이다. 쓰지 못할 물건을 관리할 사람이 아니다. 아마 그곳에 가두면서 더 완벽히 폐기시키라고 했을 것이다.

정신과 육체 그 둘을 전부 다.

그 둘을 부수는 방법은 많다.

많은 방법 중 가장 확실한 방법이 몇 개 있다.

그게 바로 강간.

거기에 이어서 윤간까지.

강간이라는 행위 자체도 추악하긴 마찬가지지만 윤간이 더욱 추악하다. 인간이 할 수 있는 더럽고 추악한 행동, 행위. 그중 가장 상위라고 봐도 좋았다.

아니, 어쩌면 최상위일지도.

물론 이것 말고 다른 이유가 하나 더 있지만 휘안이 메리힘 황녀와 제대로 된 대화를 하지 못해 아직까지 그 이유는 파악하지 못했다.

"……."

휘안은 침묵했다.

그리고 생각했다.

휘안이 본 메리힘 황녀는 폐기된 여자가 아니었다. 아마 알고 있었을 것이다. 자신이 무슨 짓을 당했는지.

하지만 그녀는 전부 감내해 냈다.

참고 또 참아냈다.

오직 한 가지 이유 때문에.

그건 바로 자신이 살아 있는 이유.

진짜 필요가 없었으면 이미 자신은 죽었다. 그게 맞는 소리다. 하지만 자신이 살아 있으니 그게 희망으로 작용했다.

그래서 이 악물고 버텼다.

그리고 그 희망은 진짜가 됐다. 휘안이 구하러 온 것이다. 그녀가 잠에서 깨서 이황녀를 따르는 군인이라는 소리에 울음을 터뜨린 이유가 그거다.

그래서 휘안은 지금 이 상황에 충격을 받기보단 감정을 응축시켰다.

그 감정은 바로 역시 하나다.

죽인다.

이것 하나.

씨익.

"그랬냐? 그랬어? 그럼 뭐 더 이상 얘기할 필요 없지."

스윽.

휘안의 손이 올라갔다.

그리고 다시 어딘가에서 뭔가가 날았다.

당연히 그리터가 쏘아낸 화살이다.

"컥!"

전투가 시작됐다.

화살이 적의 심장에 꽂히는 걸 본 휘안은 그대로 달렸다.
이미 전원 말에서 하마한 상황.

거리낄 게 없었다.

텅!

"크악!"

휘안의 방패 차징이 터졌다.

가장 가까이 있던 기사는 옆으로 피했지만 휘안은 원스텝
을 더 빠르게 밟아 그대로 가슴팍을 방패로 때려 버렸다.

그리고 그대로 달려나가 검을 수직으로 가슴에 꽂았다.

"크륵……."

바람 빠지는 소리가 흘러나오고,

쉬익!

바람처럼 그 뒤를 예나체리가 지나쳤다.

그녀의 목표는 아까 휘안과 대화했던 선임가사.

예나체리의 얼굴에 분노가 가득했다.

예나체리도 이해했기 때문이다.

"마, 막아라!"

쉐도우 나이트들도 움직였다. 아니, 휘안이 움직였을 때 그들도 움직였다. 포위하기 위해서.

푹!

예나체리의 검이 한 기사의 허벅지에 사정없이 꽂혔다 빠져나왔다. 그리고 다시 몸을 날리는 예나체리.

그녀의 눈에 차가운 불길이 번져 올랐다.

스아악!

깡!

예나체리의 공격이 막혔다. 충분한 가속을 얻지 못했기 때문이다. 그녀의 공격을 막은 기사가 얼굴에 득의만만한 웃음을 지었다. 하지만 예나체리는 당황하지 않았다.

자신의 공격은 끝났지만 다른 공격이 있기 때문이다.

핑!

퍽……!

노출된 곳이다.

근데 그리터만 숨어 있다.

휘안이 처음 말을 걸었던 것이 쉐도우 나이트가 수풀로 숨을 타이밍을 뺏은 것이다. 이걸 노리지 않았으나 결과적으로 쉐도우 나이트 전부를 그리터의 저격에 노출시켰다.

"숨어! 숨은 다음 저 둘을 노려라!"

"네!"

선임기사의 고함에 쉐도우 나이트 이조 총 30명이 수풀로 향했다. 휘안은 그 외침을 듣고서도 별 표정의 변화가 없었다.

오히려 웃었다.

"죽여! 다 죽여 버려!"

휘안의 고함이 터졌다.

그 고함에 반응하듯 미친 듯이 수풀 속에서 터지는 속사 저격. 그 속도는 거의 광속이었다.

거의 삼 초당 한 발.

그리터가 아니라면 누구도 못할 정도의 속사였다. 거기다가 단 한 발도 빗나가지 않았다. 급소를 노리지는 않았지만 옆구리, 정강이, 허벅지, 어깨까지.

무조건 맞았다.

그리고 그 표적은 가장 앞에서 달려오는 기사들이었다. 순식간에 십여 명의 기사가 바닥을 굴렀다.

그다음 기사들이 수풀로 난입했다.

선임기사의 얼굴이 풀렸다. 이제 저들이 수풀 속의 암살자를 처단해 줄 거라 생각했다.

"으악!"

"크악!"

비명이다.

근데, 많이 듣던 목소리다.

그때 휘안이 웃었다.

"왜, 수풀로 들어가면 그냥 잡을 거라 생각했어? 큭큭!"

"이, 이……!"

"그거 알아? 슬리핑 포레스트에 있던 너희 백 명, 저 수풀 안에 있는 내 동료가 다 잡았지. 전부 죽었어. 알아? 크크, 그들도 다 숨어 있었거든. 근데 쟤가 다 찾아내서 죽였다는 소리야. 너는 네 부하들을 전부 사지로 집어넣은 거야. 크크."

"미, 믿을 수 없다!"

"믿게 해주지. 그리터, 다 죽여! 화살 한 발 날아오게 하지 마!"

휘안이 고함을 치지 않았어도 비명은 끊이지 않고 들려왔다. 양손에 단검을 든 그리터가 수풀 안을 무자비하게 휩쓸고 있었기 때문이다.

활을 이용한 저격만 잘하는 그리터?

아니다.

산은 그것만으로는 살기 어려운 곳이다. 특히 휠리언트 산은 더더욱.

거의 10초에 한 번씩 비명이 끊이지 않고 이어졌다.

기술, 속도, 반사신경, 급소 공격, 적의 은신처를 찾는 탐색 능력까지 쉐도우 나이트는 그리터에게 뒤졌다.

학살이다.

"이제… 믿겠냐?"

"으으……."

선임기사의 얼굴에 절망이 어렸다.

반대로 휘안의 얼굴엔 다시금 광기가 떠오르고 있었다.

타다닷!

예나체리가 뛰쳐나갔다.

목표는 선임기사.

"마, 막아……!"

급히 그의 곁으로 다가오는 쉐도우 나이트들.

예나체리의 찌르기에 가속이 붙었다. 그렇다면 막지 못한다.

쉬익!

한 점을 노리고 파고든 에스터크.

정확히 가장 앞에 선 기사의 목을 손가락 한 마디 깊이로 찌르고 빠져나왔다.

타닷.

그리고 우로 몸을 날렸다.

옆에 있던 기사들로 목표를 바꾼 것이다.

텅!

예나체리가 빠지자마자 휘안의 공격이 바로 뒤를 따라붙어 터졌다.

깔끔하지만 강렬한 방패 차징.

하나의 기사를 뒤로 날리고 바로 옆으로 팅기며 검을 내리그었다. 일체의 군더더기도 없는 깔끔한 내려치기.

그 공격의 표적이 된 기사가 검을 급히 뽑아 막았지만 휘안의 검은 이레귤러.

그것도 휘안이 살던 곳에선 전설로 전해지는 검이다. 신화 속에 존재했던 검이다.

프라가라흐.

다른 이름은 엔서러.

방패 또한 마찬가지.

성배의 기사라고 불렸던 갤러해드의 피의 십자가 방패가 바로 휘안이 들고 있는 방패의 진짜 정체다.

물론 그 진정한 능력은 휘안의 능력 부족으로 끌어내고 있지 못하지만 단지 들고 있는 것만으로, 그걸로 적을 베고, 치고, 막는 것만으로도 충분히 압도적인 무력을 보유하게 해줬다.

스각!

검과 함께 휘안의 내려치기는 그대로 기사의 정수리부터 쪼개 버렸다. 괜히 이레귤러가 아니다.

"이익!"

"죽어!"

두 기사의 공격이 들어왔다.

휘안은 그걸 보며 스산하게 웃고는 한 발 빠지며 방패로 막고, 그 힘을 이용해 옆으로 튕겨지며 다른 기사의 검을 그대로 받아쳤다.

스각!

엔서러.

복수하는 검.

맞붙는 동시에 검과 함께 공격했던 기사의 가슴에 깊은 상흔을 새겼다.

"뭣들 하느냐! 죽여라! 죽……!"

선임기사가 고래고래 소리쳤다. 하지만 끝까지 소리치지 못했다. 어느새 수풀을 정리한 그리터가 저격으로 선임기사의 아가리를 꿰뚫어 버렸기 때문이다.

또다시 지휘관이 죽었다.

허무할 정도로 쉽게 죽었다.

그건 곧 공포로 이어졌다. 하지만 이들도 이름 있는 기사단이다. 공포는 생겼지만 악착같이 공격을 해왔다.

그러나 악착같이 한다고 그 틈이 메워지진 않는다.

이들은 연수합격 같은 건 원거리 공격밖에 연습하지 않았기 때문이다. 쉐도우 나이트는 최초 창설부터 근접전을 염두에 두고 만들어진 부대가 아니었다.

근데 멍청한 선임기사가 원거리 공격은커녕 근거리를 고집하고 있었다. 이게 손도 못 쓰고 죽는 이유다.

그리고 하나의 예로 예전에 예나체리가 그랬다. 근접전이면 혼자서 둘도 상대가 가능하다고. 하지만 실제로는 그 이상도 가능했다. 다만 붙지 않았기에 때문에 둘이라고 말한 것이다.

거기에 휘안도 가진 무구로 인해 기사 상급까지 상대가 가능하다.

이미 주특기인 원거리 공격마저 철저히 차단당했다.

석궁만 들면 그리터의 화살이 날아와 어깨나 목, 가슴, 허벅지에 틀어박혔기 때문이다.

쉬익!

푹!

"크억……."

예나체리의 검이 쉐도우 나이트의 가죽 갑옷을 종이처럼 찢고 들어가 심장에 구멍을 뚫어놓고 다시 빠져나왔다.

푸확!

쓰러지는 기사의 몸에서 피분수가 뿜어졌다.

예나체리는 피하지 않았다.

차가운 예기가 감도는 눈, 일절 사정 따위 봐주지 않는 손속.

한 기사가 그녀의 정체를 알아챘다.

"에, 에스터크의 검사…… 예나체리!"

순간 그 이름을 떠올리고 기사는 흠칫 떨었다. 길버트 중장의 딸이라는 막강한 뒷배도 있지만, 정작 이 자리에서 중요한 건 그녀가 제국 내에서도 인정받는 검사라는 것이다.

한 자루 에스터크로 그녀가 극점을 찌르려 한다면 초인이 아닌 이상 피하지 못한다. 그게 그녀를 얘기할 때 항상 나오는 말이다.

"그렇습니다. 제가 예나체리 소위입니다. 기억하세요."

그녀의 검이 다시 광속으로 짓이겨 들어 자신의 정체를 밝혔던 기사의 목젖을 꿰뚫었다. 가만히 앉아 멍청히 당한 게 아니다.

피한다고 피했지만 그녀의 빠른 추가 스텝은 피한 거리를 단숨에 좁혀 급소를 꿰뚫었다. 그렇게 그녀의 검에 죽는 기사의 숫자가 많아졌다.

뒤를 잡아 공격하려고 하면 어김없이 화살이 날아들어 등판을 꿰뚫었다.

휘안도 마찬가지.

치고 막고, 그리고 베고, 다시 찌르고.

완벽한 살인검의 정화다.

이제 몸에 숙달된 그 공격으로 자신 근처의 모든 적에게 치명적인 상처를 남겼다. 물론 목숨을 떨어뜨리는 공격이 더 많았다.

둘은 마구잡이로 공격하고 있는 것 같지만 등은 항상 수풀 쪽을 향해 있었다. 그리터에게 등을 맡긴 것이다.

여기저기서 비명이 계속해서 터졌다.

"으으……."

그리고 공포가 점점 쉐도우 기사단의 뇌리로 번졌다. 적의 숫자는 불과 셋. 근데 하나같이 괴물이다.

초인을 빼면 제국 최고의 검사 중 하나라는 예나체리.

알려지지 않은 암살자 그리터.

그리고 미친개, 아니, 이제는 케르베로스로 변한 휘안.

“으으, 으아아……!”

한 기사의 도주.

그 기사의 도주는 곧 다른 기사들에게도 영향을 끼쳤다. 살고 싶은 마음, 인간 본연의 생존 욕구가 머리를 가득 채우면서 등을 돌리게 만들었다.

그렇게 쉐도우 나이트가 도주하기 시작하자 휘안의 얼굴에 잔혹한 미소가 깃들었다. 그리고 외쳤다.

“그리터!”

핑!

거리를 격하고 날아가는 화살.

그 화살은 역시나 정확하게 날아가서 도주하던 기사의 등을 꿰뚫었다.

“커억……!”

허파에 바람 빠지는 소리를 내며 천천히 속도를 줄이다 결국은 무너지는 기사.

“……”

“……”

그 모습이 같이 도주하려던 기사들의 발걸음을 붙잡았다.

“절대 도망 못 가.”

휘안은 광기에 젖은 눈으로 광기에 젖은 목소리를 토해냈다.

꿀꺽.

그런 휘안의 말에 쉐도우 나이트 중 다수가 침을 삼켰다. 긴장했다는 소리. 그리고 무섭다는 소리.

휘안의 말이 계속됐다.

"재밌었지? 그치? 근데 어쩌냐. 탄 다 떨어진 너희들은… 그냥 좆도 아닌 쓰레기들인데. 크크크, 그리고 처음부터 석궁을 썼어야지. 그건 뒀다 뭐 하게?"

그 말은 이미 중천으로 떠오른 해를 향해 올라가며 사라졌다. 물론 주변의 모두에게 정확히 전달시키고.

"여기가… 너희 무덤이다."

오싹.

번질거리는 눈동자.

쉐도우 나이트의 감정에 공포가 급속도로 유입되고,

그 공포는 정상적인 사고를 방해하고, 정상적인 움직임 또한 방해했다.

"다 죽여."

휘안이 다시 말했다.

그리고 다시금 예나체리, 그리터의 공격이 시작됐다.

물론 휘안도 움직였다.

무자비한 학살의 시작이다.

제48장
작전의 마지막(북쪽)

제국의 군인
Soldier of EMPIRE

광활한 평야를 한 대의 마차가 미친 듯이 질주하고 있었다.
이미 해가 중천을 넘어 어느새 천천히 지고 있었다.

아니, 지금은 거의 떨어져서 어둠이 서서히 찾아오고 있었
다. 이런 어둠에서의 이동은 좋은 방법이 아니었다.

어둠은 방향을 잃게 만드는 마력을 포함하고 있으니까. 그
리고 어둠보다 더욱 쉬어야 하는 이유는 따로 있었다.

"이제 슬슬 쉬었다 가야 합니다! 더 이상은 말이 버티지 못
합니다!"

엄청난 속도로 달리던 와중에도 특전사를 이끄는 막심이
마차 옆으로 바짝 붙어 외쳤다. 이미 거의 반나절을 쉬지도

않고 내달렸다.

말은 이미 지쳤는지 혀를 쭉 내밀고 하얀 거품까지 물고 있었다.

너무 혹사시킨 탓이다.

"알겠습니다."

예나차인도 그런 말의 상태를 잘 알고 있었다. 그래서 알았다고 대답했다.

"쉴 만한 곳을 먼저 찾아보겠습니다. 그럼 천천히 따라오십시오."

"고마워요."

"별말씀을."

막심은 그렇게 말하고 특전사 대원 몇을 데리고 먼저 그대로 달려갔다. 이곳은 노스 평원을 조금 더 지났다.

하지만 그건 말 그대로 조금.

아직도 울버링 성에서 오는 지원 병력과 조우하려면 최소 며칠은 더 가야 했다. 길버트 중장이 그렇게 말했으니 그건 확실했다.

당연히 휴식을 취한다고 해도 숨어서 해야 했다. 하지만 평원에서 쉴 만한 곳이 어디 얼마나 있겠는가.

마차를 천천히 끌기 시작하는 예나차인.

"아직 못해도 며칠은 더 가야 하는데 걱정이네요."

"…네."

예나차인의 말에 테일러가 조용히 대답했다.

그녀도 걱정하는 건 마찬가지였다.

수도에서 올라오는 대규모 병력은 길버트 중장이 전부 알아서 커트하고 있을 것이다. 하지만 경기병으로 이루어진 기마대는 아마 막지 못했을 가능성이 높았다.

그리고 귀족원에서 키우는 기사단도 마찬가지.

그들은 길버트 중장의 방어 부대를 피해 전력으로 황녀의 뒤를 쫓아오고 있을 것이다. 삼황자는 엘리자베스 이황녀를 쉽게 빠져나가게 할 생각이 전혀 없기 때문이다. 그는 용의주도한 인물이다.

일순간의 재미로 이런 일을 벌인 게 아니듯이, 이황녀 또한 최선을 다해 추격하라 할 것이다.

일단 상황이 그렇게 좋지 않음을 아는지라 둘은 별다른 대화를 하지 않았다. 마음이 무겁기 때문이다.

그렇게 20분 정도를 천천히 달리다 보니 막심이 다시 되돌아와 말했다.

"10분 정도 더 가면 괜찮은 곳이 있습니다. 경계하기도 좋고 휴식하기에도 알맞은 곳입니다."

"좋아요. 그리로 가요."

"네!"

막심이 선두에 서서 길을 안내했다. 막심의 말처럼 10분 정도를 더 가자 쉬기 좋은 장소가 나타났다.

　마차를 세우고 자리를 잡자 막심은 능숙하게 지휘를 시작했다.

　"1조, 2조는 나눠서 사주 경계! 3, 4, 5조는 지금부터 휴식처를 잡는다!"

　"네!"

　막심의 명령에 20명의 인원이 빠르게 사라졌다. 이제 겨우 50명 남은 특전사. 도망치면서 500의 특전사가 이젠 겨우 50여 명밖에 남지 않았다. 정확하게 말하자면 48명. 막심까지 합쳐 49명이 전부다.

　정말 어마어마한 인원이 죽어나갔다.

　특히 팔브로케 중장이 이끌고 온 마도 라이플 부대와 조우했던 게 타격이 막대했다. 그때 특전사 대부분이 죽었다.

　그래서 이제 남은 인원은 이게 전부다.

　"황녀님은 어떠십니까?"

　"으음……."

　마차 문을 열어놓고 안에 창백한 안색으로 누워 있는 엘리자베스 황녀를 보며 막심이 물었다.

　"좋지 않으십니다. 빨리 제대로 된 치료를 받으셔야 하는데……."

　예나차인이 대답했다.

　그녀의 대답처럼 황녀의 상태는 가히 좋지 않았다. 무리하게 육체를 쓴 탓이다. 무력으로 초인에 오른 자만의 전유물인

기운.

이걸 얼마나, 어떻게 쓰느냐는 전적으로 그 초인이 가지고 있는 육체적인 능력, 정신적인 능력에서 좌우된다.

파괴력, 지속력 그 전부가.

쓰지 않았던 근육으로 그렇게 기운을 끌어다 썼으니 근육이 정상일 리가 없다. 지금 황녀의 상태가 정말 좋지 않다면 근육 파열까지 온 상황일지도 몰랐다.

그나마 이것도 길버트 중장이 예상해서 이만큼 올 수 있었던 것이다.

길버트 중장은 황녀가 무리할 것이라고 예상했고, 무리해 줘야 탈출이 가능할 거라고 생각했다.

그래서 특전사 대원 중 의학, 약초학이 뛰어난 병사에게 만반의 준비를 해놓으라고 지시해 놨다.

그리고 그 병사는 황녀가 마차에 타자 같이 타고 오면서 계속해서 황녀를 살폈다. 자신의 가진 지식 전부를 사용해서.

그나마 그래서 근육이 진정되고 고열에 목숨을 잃는 상황은 면한 것이다.

준비가 이뤄낸 성과였다.

"중장님께서 최소 일주일이라 하셨습니다. 일주일 안에 북부군과의 합류는 힘들 겁니다. 따로 방법은 있으십니까?"

막심이 마차에서 내린 예나차인, 테일러를 보며 물었다.

"아버님은 이대로 수도를 탈출하면 북으로 무조건 달리라

하셨어요."

"으음……."

예나차인의 대답이 만족할 만한 것은 아닌지 막심이 신음 소리를 냈다.

"산재한 문제가 많습니다. 말만 해도 그렇습니다. 저기 보십시오. 저 말들은 더 달려봐야 내일이 한곕니다."

막심의 말에 예나차인, 테일러가 시선을 돌려 마차에서 떼어내 한쪽에 묶어놓은 말을 봤다.

확실히 말의 상태가 좋지 않았다.

입에는 거품을 물고 있었고, 특전병사들이 뜯어다 준 풀은 입에도 못 대고 있었다. 물도 마찬가지.

저 상태로 더 이상 말을 끄는 건 딱 봐도 무리였다.

"아버님이 이틀 거리에 말을 준비해 놓으셨다고 했어요."

"으음, 역시 중장님이십니다."

역시 길버트 중장이다.

이런 경우까지 예상해서 최초 말을 사들인 것 말고 북부군으로 가는 곳곳에 말을 준비시켜 뒀다.

확실히 중장다운 꼼꼼함이다.

"그렇다면 대원 셋을 자유 이동으로 북부군으로 복귀하라고 하고, 그 대원들의 말을 사용하겠습니다."

"네, 알겠어요."

"추적 병력에 대해선 짐작이 가는 바가 있으십니까?"

"추적 병력…… 으음."

"아마 귀족원의 기사단 전부가 투입될 겁니다. 그리고 경기병 기마대 역시."

막심의 물음에 답을 내놓은 사람은 테일러였다.

기사라서 아는 것이다.

알스테르담의 모든 기사단의 가장 큰 핵심은 준마를 이용한 가공할 추적, 돌파다. 발바롯사의 철갑기마대처럼 중장비를 이용하는 기사단은 하나도 없었다.

당연히 이번에도 기사단이 이용될 것이다.

그녀는 기사라서 그런 것을 잘 알았다.

그녀 또한 그런 작전에 몇 번 투입된 적이 있었기에.

"기사단…… 으음."

막심은 테일러의 말을 듣고 또 신음을 냈다.

특전사로 기사단을 막는 건 무리다.

일단 무력에서 차이가 났다.

특전사는 공작, 침투, 그 후 요인 암살이 주 임무다.

하지만 기사단은 개개인의 무력과 준마의 속도를 이용한 추적, 돌파가 주특기고.

상성 면에서 엄청 안 좋았다.

"로열 나이트는 움직이지 않을 거예요. 수도기사단은 나오면서 괴멸시켰고. 테일러, 그럼 어떤 기사단이 남죠?"

"서열상으로 따진다면… 수도에 10위 안에 드는 기사단이 전부 상주하고 있어요."

기사단 서열 부동의 1위가 로열 나이트.

그리고 수도기사단.

로즈나이트.

쉐도우 나이트 등등…….

다만 쉐도우 나이트는 휘안이 남쪽에서 완전히 전멸시켰다. 물론 이런 사항을 테일러나 예나차인은 잘 몰랐다.

"그럼 가장 위험한 기사단이 어떤 기사단입니까?"

막심이 다시 물었다.

도주전에서 정보는 생명이다.

적이 누군지 알면 여러 가지 방법을 강구할 수 있을 것이다.

"쉐도우 기사단, 그리고 속도 면에서는 최강이라는 실피드예요."

실피드.

신화 속 정령 실피드.

속성은 바람.

그래서 지어진 이름이다.

준마 중 최강의 준족 혈통이라는 실피드를 이용하는 기사단이다. 돌격, 돌파에선 다소 약한 모습을 보이지만 기동력 하나만큼은 가히 최고라고 칭해지는 기사단이다.

그리고 기사단장 또한 12검 중 말석이지만 초인은 초인.

물론 새내기 초인이라 7번째 검이었던 율리아나 경보다도 약하지만 그래도 초인은 초인이다. 이곳에서 테일러 빼면 아무도 상대가 불가능할 것이다. 하지만 테일러도 장시간 버티는 건 불가능할 것이다.

왜냐.

테일러는 초인이 아니니까.

테일러가 상대가 가능한 이유는 딱 두 가지다. 일단은 최상급의 무력, 그리고 갑주와 로즈 티어. 이 두 가지 때문에 겨우 상대가 가능하다. 물론 그것도 단시간만. 기운을 써서 상대해 오면 테일러는 금방 수세에 몰리거나 죽을 것이다.

"그들이 그렇게 빠릅니까?"

막심이 세대로 몰라 물었다. 그러자 테일러는 굳은 얼굴로 고개를 끄덕이며 대답했다.

"네. 말의 혈통 자체가 다릅니다. 준족 중에도 준족. 단거리 추격전에선 최강입니다. 만약 퍼시칸 경이 이끄는 실피드 나이트가 출동했다면 저흰 따라잡혔을 겁니다. 아마 지금도 잡히지 않은 이유는 현재 수도에 없다고 봐도 좋겠지만… 장담은 못해요."

"후우……"

막심이 답답하다는 듯이 한숨을 쉬었다.

확실히 상황은 어려웠다.

"일단 확실하지는 않습니다. 그들이 아직까지 우리를 못 잡은 건 출발하지도 않았다는 걸 뜻하는지도 모릅니다."

"그 정도로 빨라?"

테일러의 희망적인 말에 예나차인이 다시 물었다.

"네, 빠릅니다. 대륙에서 첫 번째를 다투는 속도의 기사단이니까요."

"안 좋네."

그 정도면 뒤늦게 출발해도 따라잡을지 모른다.

최강의 혈통마를 이용한 추격. 확실히 이건 굉장한 부담이다.

"알겠습니다. 저도 방법을 강구해 볼 테니 일단은 휴식부터 취하는 게 낫겠습니다. 두 분은 최후의 방어선. 어서 휴식을 취하십시오."

"알겠어요."

"네."

막심이 일어나며 한 말에 회의는 끝났다.

"일단 테일러 너는 가서 좀 씻고 와. 꼴이 말이 아니다. 피가 굳어서 악취도 심해."

"네."

예나차인이 테일러를 보며 말했다.

그녀의 말대로 테일러의 꼴은 말이 아니었다. 덕지덕지 붙은 피는 이미 굳어 툭 치면 우수수 떨어지는 지경에 이르렀다.

적의 피로 샤워를 하며 나왔으니 당연한 일이다.

테일러는 힘없는 걸음으로 근처의 냇가로 향하다가 마차를 힐끗 봤다.

"황녀님……."

그리고 안타까운 목소리로 자신의 주군을 불렀다. 한참을 말없이 바라보던 테일러는 다시금 발걸음을 옮겼다.

힘이 없던 발걸음에 점차 힘이 담겼다.

다시금 의지를 다지는 것이다.

반드시 무사히 주군을 안전하게 북부군으로 모시겠다는 의지를.

하지만 테일러는 알고 있었다.

아직도 갈 길이 멀다는 것을.

대충 씻고 다시 자리로 돌아온 테일러는 특전사들이 건넨 옷으로 갈아입었다. 아무리 여름이라고는 하지만 이렇게 젖은 옷을 입고 자는 건 몸 상태를 최악으로 만드는 결과만 낳는다.

마차에 들어가서 옷을 갈아입은 테일러는 다시 준비된 모포만 걸치고 황녀가 누워 있는 마차 옆에 자리를 잡았다.

무슨 일이 일어날지 모르니 가장 가까운 곳으로 자리를 잡은 것이다. 물론 그건 예나차인도 마찬가지였다.

"이것 좀 드십시오."

막심은 이번엔 말린 고기와 군용 과자를 가져왔다.

말린 고기는 말 그대로 그냥 고기를 말린 것이었고, 군용 과자라는 건 예전에 협곡 붕괴 작전 때 예나체리가 챙겼던 군 식품이다.

부피는 작지만 상당한 열량을 가져 이런 작전에 아주 용이하게 사용되는 군 식품이다.

그래서 둘은 그걸 거부하지 않고 조용히 받아먹었다.

몸을 따뜻하게 하는 것 말고, 충분한 음식을 섭취하는 것도 몸 상태를 유지하는 방법이다.

"음, 소위님은 잘하고 있을까요?"

"…네, 아마도……."

예나차인의 물음에 테일러의 안색이 또 흐려졌다. 테일러가 있어야 할 곳은 확실히 이곳이다. 그건 그녀 스스로가 봐도, 주변에서 봐도 바로 답이 나온다.

하지만 그렇다고 그녀가 무조건 이곳에 있고 싶으냐.

그렇게 묻는다면 아니다. 이렇게 대답할 테일러였다.

그곳엔 휘안이 있다.

남쪽 하늘을 바라보는 테일러의 얼굴에 그리움이 떠올랐다. 여러 번 말하지만 그들은 연인은 아니지만, 거의 연인 관계를 유지하고 있었다.

서로가 이미 서로에 대한 마음을 확인한 상태다.

휘안이 테일러의 목숨을 구하면서 둘의 인연은 시작됐다.

그리고 매번 위험이 있을 때마다 둘은 함께했다. 테일러는 휘안을 의지했고, 휘안도 테일러를 의지했다.

그렇게 서로가 서로를 의지하며 이곳까지 왔다.

하지만 이번엔 둘이 떨어지게 되었다.

각각 양동작전을 펼쳐야 했기 때문이다.

휘안은 남쪽, 테일러가 알지 못하는 곳에서 펼치는 작전도 이곳과 못지않게 위험하다는 걸 잘 알고 있었다.

그래서 당연히 테일러를 곁에 두고 싶었지만 이곳도 마찬가지로 위험했다. 일단 무력의 부재도 문제였다.

또한 약속한 것도 있었다.

반드시 테일러에게 황녀를 구출할 기회를 주겠다고, 반드시 그런 기회를 만들어주겠다고 약속했다.

그래서 테일러는 이곳에 있다.

최선의 선택이긴 했다.

그건 휘안도 알고 테일러도 아는 것.

하지만 그렇다고 해서…….

'휘안, 잘하고 있지?

그리운 마음이 드는 건 막지 못했다. 더불어 걱정되는 마음 역시 당연하게 들었다. 그곳이라고 쉬울 리가 없었다.

이곳은 길버트 중장이 있어 주변을 이용해 최선의 작전을 펼친다지만 그곳은 아니다.

오직 휘안.

그리고 휘안을 따르는 셋.

총 네 명이서 작전을 펼친다.

위험도를 따지자면 아마 이곳보다 훨씬 높을 것이다.

'죽으면 안 돼. 알았지, 휘안?'

구름 한 점 없는 밤하늘.

그 밤하늘에 수없이 많이 떠 있는 별을 보며 테일러는 휘안에게 자신의 마음을 전했다. 그리고 조금씩 몰려오는 수마에 저항하지 않고 천천히 눈을 감았다.

그녀의 바람대로 휘안은 무사할까?

그랬으면, 그랬으면 좋겠다.

그리고 테일러의 걱정과는 반대로 엘리자베스 이황녀는 무사히 북부군으로 돌아갔다.

제49장
작전의 마지막(남쪽)

제국의 군인
Soldier of EMPIRE

벌써 어두워진 절벽을 하루 종일 내달리는 말 한 기. 그 말
에는 거구의 기사가 타고 있었고, 기사의 등에는 고목나무에
매미가 붙은 것처럼 왜소한 체형의 여자가 달라붙어 있었다.

그것도 그냥 붙어 있는 게 아니었다.

가죽 받침대로 받쳐놓고 끈으로 조여 아예 흔들리지도 않
을 정도로 고정시켜 놓았다.

빅터와 오황녀 메리힘이다.

“워워……”

전방에 아주 작은 규모로 생성된 숲이 보였다. 참으로 특이
한 지형이다. 절벽 끝에 숲이 있다니. 빅터는 숲이 보이자 천

천히 말의 속도를 늦췄다.

말이 좀 지친 것 같아 보였기 때문이다. 휘안이 말하기로는 절벽을 따라 하루 정도 거리만 내달리면 절벽이 끝나고 능선과 함께 해안가가 나타난다고 했다.

휘안이 거지들과의 접선 끝에 알아낸 지형의 정보다.

그리고 휘안은 해안가에 배를 두 척 준비해 달라고 부탁했다. 한 척은 빅터가 먼저 도착해 타고 갈 배.

또 한 척은 휘안과 예나체리, 그리터가 타고 갈 배였다.

"도착했나요?"

가녀린 목소리가 들렸다.

"아직입니다, 황녀님. 반나절은 더 가야 합니다."

순박한 목소리로 황녀의 물음에 대답해 주는 빅터. 그 목소리에는 따뜻한 정이 있었다. 빅터의 목소리는 순하다.

외형은 위압적이긴 하지만 목소리 하나만큼은 휘안 일행 중에서 가장 순했다. 그래서 빅터가 황녀를 등에 업었다.

물론 체력 등의 문제가 더 큰 이유였던 것은 맞다.

하지만 휘안은 황녀의 정신 상태도 고려했다.

빅터의 순진함을 본다면 아마 황녀도 다른 짓을 하지 않고 믿어줄 것이라고 생각했기 때문이다.

그런 휘안의 생각은 맞았다.

빅터가 싸우는 모습을 보면서 사색이 되기는 했지만, 그의 목소리에 깃든 순박함은 황녀에게 안심이라는 감정을 선사했다.

참 잘한 선택이었다.

숲에 도착한 빅터는 말에서 내려 일단 가죽을 강하게 조이고 있는 끈을 풀었다.

스르륵.

철퍼덕.

"아야!"

"아, 괜찮으십니까?"

"네, 저는 괜찮아요."

끈을 풀자마자 황녀는 그 자리에서 주저앉았다. 거의 일 년 내내 억지로 잠만 잔 메리힘 황녀다.

이황녀처럼 근육이 멀쩡할 리가 없었다. 거기다가 빅터가 등에 업고 말을 타고 달려왔으니 근육이 비명을 지를 터였다.

선천적으로 약한 메리힘 황녀이기에 그 정도는 심했다.

어둠 속이라 잘 보이지는 않았지만 메리힘 황녀의 안색은 질리다 못해 백지장이었다. 그런데도 비명은커녕 신음조차 내뱉지 않았다.

앞의 빅터를 걱정시키기 싫었던 것이다.

누가 엘리자베스 황녀와 똑같은 피가 흐르는 여자 아니랄까 봐 독하기는 정말 독했다. 하긴, 그렇게 쉐도우 나이트에게 당했으면서도 삶을 포기하기는커녕 한줄기 희망에 의지한 채 정신을 온전히 보전한 것만 봐도 알 수 있었다.

괜히 순혈의 황족이 아니란 소리였다.

"이거, 저기… 아, 어떡하지. 으음……."

빅터는 어쩔 줄 몰라 했다.

이런 경우는 처음이었기 때문이다. 의학적인 지식은커녕 기본적인 지식도 없는 빅터다. 그런 빅터를 보고 메리힘 황녀는 천천히 웃었다.

이 순박함.

그게 메리힘 황녀에게 오히려 안심이라는 감정과 믿음이라는 감정을 동시에 불러왔기 때문이다.

"저는 괜찮아요. 그보다 다리 좀 주물러 주실래요? 움직이지가 않아요."

"네? 네, 네, 알겠습니다."

빅터는 황녀의 말에 안절부절못하는 모습으로 대답하고는 황녀의 다리를 덥석 잡았다.

"아야!"

"아! 저기… 죄송합니다!"

"쉿. 목소리가 커요. 저는 괜찮으니… 살살 부탁해요."

"네! 아니, 네……."

황녀의 말에 모기만 한 목소리로 대답한 빅터는 이번에는 황녀의 종아리를 살살 잡았다. 그리고는 최대한 힘을 조금 줘 주무르기 시작했다.

"으음……."

하지만 그 정도도 아팠는지 황녀의 입에서 가느다란 신음이 흘러나왔고, 얼굴도 살짝 굳었다. 너무 근육이 뭉쳐 있어서 아팠기 때문이다.

근력이라고는 거의 하나도 없었기 때문에 당연한 반응이었다.

"저기… 아프십니까?"

"아니에요. 계속, 으음, 계속해 줘요."

"네……."

빅터의 조심스런 물음에 마사지를 계속해 달라고 하는 메리힘 황녀. 그러더니 자신은 스스로 팔을 주무르기 시작했다. 움직이지 않는 팔을 억지로 움직여.

이것만 봐도 그녀는 멍청하지 않았다.

아니, 오히려 똑똑한 부류였다.

아프다고 그냥 내버려 두면 오히려 방해가 되고, 나중에도 독이 되는 걸 잘 알고 있었다. 물론 현재 상황에 황녀 본인 스스로 할 수 있는 건 아무것도 없었다. 이것 또한 알고 있었다.

몸을 조금이라도 움직일 수 있는 것과 아예 인형처럼 빅터의 등에 업혀 있는 것은 천지 차이다.

그래서 이 지독한 고통을 참으면서 마사지를 받고 있다.

약 30분에 걸쳐 마사지를 끝낸 빅터는 황녀를 살짝 들어 나무둥치에 기대게 해줬다. 그리고 주변을 둘러보더니 마른 풀과 큼지막한 나뭇잎을 잔뜩 들고 와 황녀를 덮어줬다.

체온을 보존하기 위해서였다.

모닥불을 피워도 되지만 이런 상황에 불을 피우는 건 '나 여기 있소!' 하고 큰 소리로 외치는 것과 다름이 없다.

이건 휘안한테 주의도 받았기 때문에 빅터는 모닥불을 피우지 않았다.

"죄송합니다. 모닥불은 적에게 발각될 수 있기 때문에……."

"아니에요. 괜찮아요. 지금도 충분히 따뜻한 걸요."

싱긋.

빅터가 보지 못하는 하얗게 질린 얼굴로 괜찮다고 대답하는 황녀. 그 모습은 안쓰럽다 못해 아예 불쌍하게 보일 지경이지만, 앞서 말한 대로 빅터는 보지 못했다.

"저기… 궁금한 게 있어요."

"네, 물어보십시오."

빅터는 황녀 바로 앞에 자리를 잡았다. 아직도 피가 묻어 있는 방천화극을 옆에 두고.

"언니는… 언니는 무사한가요?"

메리힘 황녀의 질문은 당연하게도 엘리자베스 이황녀에 대한 질문이었다. 그 질문에 빅터는 잘 돌아가지 않는 머리를 열심히 굴려 가장 이상적인 대답을 생각해 냈다.

"그러실 겁니다. 그 작전은 길버트 중장님이 직접 지휘하시는 걸로 알고 있습니다. 이황녀님께서는 반드시 무사하실 겁니다.”

“그런가요. 정말 다행이에요.”

빅터의 말은 사실이긴 했다.

지금 황녀의 상태는 메리힘 황녀보다 더욱 좋지 않아 최악 중의 최악이긴 했지만 어쨌든 무사히 탈출하고 있는 중이니까.

그럼에도 믿을 수 있는 이유는 역시 길버트 중장이라는 이름 때문이다.

제국 최고의 전략가이자 수성 전문가.

그런 그가 탈출 작전을 직접 지휘하고 있다고 한다면 누구라도 안심할 수 있을 것이다.

“그럼 하나만 더요.”

“네, 물어보십시오.”

메리힘 황녀의 말에 빅터는 그러라고 대답했다.

“저를 납치한 사람은… 누군가요?”

“…으음. 그, 그게……”

이건 빅터에게 곤란한 표정과 어쩔 줄 몰라 하는 표정을 다시 한 번 불러왔다. 이걸 솔직히 대답해야 하나, 아니면 모른다고 하고 그냥 넘어가야 하나 고민되었다. 하지만 다음에 나온 황녀의 말은 빅터에게 두 개의 대답 중 하나를 급히 결정하게 만들었다.

“어차피 제가 무사히 언니와 만나면 다 알게 될 사실이에요. 말씀해 주세요."

"……."

바로 이 말이다.

맞는 말이다.

메리힘 황녀가 무사히 북부군까지만 가면 이 모든 일의 원흉이 누군지는 금방 나올 것이다. 숨긴다고 숨겨질 일이 아니란 소리다.

"말해주세요."

"…프리드리히 삼황자라고 들었습니다."

"휴우. 결국 둘째 오빠가……."

다시 한 번의 재촉에 빅터는 솔직하게 대답했다. 그런데 대답으로 나온 혼잣말이 참 오묘하다.

이미 알고 있었다는 말투.

빅터도 바보는 아닌지라 물어볼 수밖에 없었다.

"알고 계셨습니까?"

"어느 정도는요. 저는 사람을 참 잘 보거든요. 대화를 해도 그 말의 진위를 잘 파악해요. 이건 거의 선천적인 것과 비슷한데…… 둘째 오빠는 항상 그랬어요. 가식, 그 목소리에 깃든 차가움. 그래도 오빠라서 믿었는데……. 그럼 큰오빠의 사고도 둘째 오빠의 짓이겠네요."

놀라지 않는다.

거기다가 착 가라앉은 눈으로 사태를 직시한다.

하나 또 있다.

오빠라고 한다.

오라버니가 아닌 오빠.

그만큼 메리힘 황녀는 프리드리히 삼황자에게 믿음을 줬다는 소리다. 알고 있었으면서도. 그럼 배신감도 클 텐데 담담하게 상황을 파악하고 인정한다.

빅터는 잘 파악이 안 되지만 휘안이 들었다면 진짜 대단한 여자라고 인정했을 것이다. 그만큼 메리힘 황녀의 정신은 강했다. 참기 힘든 일까지 당했을 텐데.

거기다가 똑똑하기까지.

삼황자가 힘도 없고 연약한 메리힘 황녀를 왜 굳이 제거하려고 했는지 알 것 같았다. 이런 강한 정신과 명석한 두뇌가 마음에 걸려서 굳이 '폐기' 시키려고 했을 것이다.

엘리자베스 황녀가 지닌 순혈 황족의 피가 진짜 어디 가는 건 아니었나 보다.

휘안이라면 이것까지 전부 유추했겠지만 빅터는 그러지 못했다. 그냥 강한 여성이구나 하고 생각했다.

"언니가 수도에서 탈출했다는 건… 나를 빌미로 잡아두어서였군요. 하지만 그냥 그대로 둘 프리히 오빠가 아닌데……. 언니는 어떻게 생활하셨죠?"

"으음……."

이 여자,

명석한 정도가 아니다.

소름 돋을 정도로 대단한 지략가의 기질이 있는 여자다. 그리고 실제로 메리힘 황녀는 몸이 약해 검이나 도를 사용한 육체 단련보다는 책을 통한 지식 습득, 단련에 더욱 열을 올렸다.

여기서 끝이 아니었다.

"하지만 오빠 혼자는 힘들었을 텐데……. 큰오빠가 발바롯사 제국에서 변을 당하셨으니… 그쪽의 높은 인물과 손을 잡았나요?"

"…네."

"그러면 이해가 가네요. 하아, 둘째 오빠는 무슨 짓을……."

기가 막힌 머리다.

몸이 약하면 대신 어느 한쪽으로 재능을 준다더니 그게 맞는 말 같았다. 빅터는 이 모든 걸 듣고도 그저 멍했다.

역시 휘안만큼은 머리 쓰는 게 힘든 빅터였다. 하지만 그런 빅터도 오황녀가 대단하다는 생각은 했다.

딱 대단하다, 여기까지만.

"저기… 기사님의 성함은 어떻게 되나요?"

"네? 저는 빅터라고 합니다. 기사는 아니고요, 군인 계급의 하사입니다."

"어머, 그러세요? 저는 기사이신 줄 알았어요."

"아닙니다. 휘안 소위님 휘하의 군인입니다."

"네, 그럼 빅터 하사님, 부탁이 있어요."

순간 메리힘 황녀의 눈빛이 강해졌다.

황족.

굽어보는 위치에서 태어난 여자의 눈빛이다.

빅터는 바로 일어나 한쪽 무릎을 꿇었다.

"네, 말씀하십시오."

기사는 아니지만 저도 모르게 기사의 예를 취한 빅터였다. 그가 아는 자세 중 가장 빨리 취할 수 있는 자세였고, 하나 더 설명하자면 스스로 군인이라는 자각이 조금 부족해서 생긴 일이었다.

"저를 꼭 무사히 언니에게 데려다 주세요."

창백한 얼굴이지만 담담하게 자신의 부탁을 말했다. 황녀의 위치에 있으면서 부탁이라……. 그냥 명령하면 되지만 이게 메리힘 황녀의 생각과 사상이 얼마나 트여 있는지 보여주는 아주 좋은 예였다.

"충! 메리힘 황녀님을 안전하게 북부군까지 모시겠습니다!"

"고마워요, 빅터 하사님."

"아닙니다! 제가 당연히 수행해야 하는 일입니다!"

"네, 그래서 고마워요. 그럼 그만 자세를 푸세요."

"네!"

누가 순박한 빅터 아니랄까 봐 메리힘 황녀에게 벌써 압도
당하고 있다. 물론 메리힘 황녀 또한 범상치 않은 여자였기
때문에 가능한 일이었다.

둘은 거기까지만 대화를 했다.

메리힘 황녀는 곧 천천히 잠에 빠져들었고, 빅터는 주변 경
계에 나섰다.

이건 하나의 변수, 반전이 될 대화였다.

메리힘 황녀의 저 명석함, 상황을 꿰뚫는 관찰력, 그리고
지식을 담은 두뇌.

휘안이 있었다면 이렇게 생각했을 것이다.

'그녀가 무사히 북부군으로 간다면… 어쩌면 길버트 중장
에 버금가는 책략가 초인이 탄생하겠다고.'

물론 휘안이 여기에 없으니 이런 걸 예상한 사람은 아무도
없었다.

다음날 새벽.

빅터는 다시 말을 타고 달려 해안가에 도착,

거지패들이 준비한 배를 타고 무사히 탈출에 성공했다.

*　　*　　*

빅터가 떠난 그 시간. 해안가에서 몇 시간 떨어진 절벽가.

말의 휴식을 위해 잠시 쉬고 있는 삼 인이 있었다.

물론 해안가를 따라 잔뜩 자라난 수풀 속에 숨어서.

그중 날카로운 외눈의 사내가 먼저 말했다.

"빅터는 무사히 탈출한 것 같은데?"

휘안의 말이었다.

그리고 그 말에 옆에 앉아 있던 예나체리가 대답했다.

"확실히 그동안 봐온 흔적으로 봐선 빅터 하사의 말굽 자국이 전붑니다. 숲에서도 마찬가지. 전투의 흔적은 없었습니다. 분명히 무사히 탈출했을 겁니다."

"후우, 다행이군."

휘안은 한숨을 쉬며 가슴을 쓸어내렸다.

일단 가장 중요한 메리힘 황녀의 탈출이 이제는 성공이라는 이름으로 가슴에 와 닿았기 때문이다.

사실 이 작전은 굉장히 위험한 작전이었다.

아무리 빅터가 초인 바로 밑의 무력을 지니고 있다고 해도 혼자 황녀를 지키면서 이곳을 뚫고 나가는 건 굉장히 많은 무리가 따랐다.

하지만 적절한 순간에 휘안과 예나체리, 그리터의 도움으로 빅터는 결국 무사히 탈출에 성공했다.

이것만 해도 일단 작전의 반은 성공했다.

그럼 나머지 반의 성공은 무엇으로 이뤄질까?

뭐, 당연하게도…….

"이제 저희만 빠져나가면 됩니다."

셋의 탈출이 남은 절반의 성공을 결정짓는다.

"그렇지. 하지만 우리도 이제 거의 다 왔어. 빅터가 쉬었던 숲도 통과했으니까. 그렇다면 몇 시간 정도만 달리면 돼."

"하지만 매복조가 있을까 걱정됩니다."

"매복조라……. 있겠지. 있을 거야, 아마."

앞으로의 진로를 결정하는 둘의 걱정은 바로 매복조였다. 시간이 꽤나 많이 흘렀다. 벌써 이틀이 지난 셈이다.

적들도 바보가 아니라면 절벽을 타고 도망칠 거라는 건 예상하고 있을 것이다. 그리고 현실적으로 가능한 탈출은 이것 하나밖에 없었다.

해로를 이용한 탈출.

남부군에서 삼황자에게 포섭된 군사령관이 몇 명인지 모르는 가운데 중립을 지키는 '밀어내는 방패'가 있는 남부의 대도시로 가기에는 길도 멀고 위험이 너무 많았다.

결국엔 해로밖에 없다는 소리다.

하지만 해안가로 가려면 아직 좀 더 가야 했다. 적어도 서너 시간. 더 걸린다면 다섯 시간 이상.

이쪽 지리를 확실히 확인하지 않은 이상 말이 과연 최고의 속도로 달려줄 수 있는가 없는가에 따라 그 시간이 결정될 것이다.

그렇지만 문제가 있다.

휘안은 전투 때문에 상당히 시간을 지체했다. 아마 숲 반대편에 있던 적도 상당수는 휘안을 따라잡았을 것이다.

걸리지 않았을 뿐이지 어쩌면 앞에 가서 기다리고 있을지도 모른다.

"쉐도우 나이트는 이제 없어서 라이플 공격은 받지 않겠지만, 후우, 궁병도 곤란해. 우리 중에 나 빼고 궁병의 일제 사격을 받아낼 사람이 없어."

"…으음, 맞습니다."

가장 문제가 되는 건 역시 궁병이다.

기병이나 보병이라면 무력으로 부딪쳐서 뚫으면 된다. 쉐도우 나이트도 무너뜨렸는데 일반 군인 따위, 문제될 건 없었다.

궁병은 얘기가 다르다. 앞에서 방패병이나 창병이 막고 뒤에서 궁병이 쏴댄다면 그걸 막을 사람은 방패를 소지한 휘안밖에 없다.

예나체리, 그리터 둘 다 가죽 갑옷 차림이다. 둘의 공격 스타일이 빠른 발을 이용한 근접전, 원거리전이니 어쩔 수 없었다.

무거운 갑옷을 입고는 이 둘은 절대 자신의 진신 기량을 발휘할 수 없었다. 물론 그건 휘안도 마찬가지.

다만 방패를 이용한 근거리 격투 스타일이라서 다행이었다.

"사실 쉐도우 나이트를 잡은 것만 해도 기적입니다."

"크크, 그렇지. 하지만… 그 개새끼들은 반드시 죽어야 할 새끼들이었어."

"네, 그건 맞습니다."

쉐도우 나이트.

그 얘기가 나오자 둘의 몸에서 살기가 스멀스멀 흘러나왔다. 기사의 긍지 따위는 그 어디에도 없는 악독한 적. 여러 가지 의미로 완전 개자식들이었다.

최초 그리터의 저격과 수풀에 뛰어든 자들을 모조리 죽인 덕분에 밖에 있던 휘안과 예나체리가 마음껏 적을 죽일 수 있었다.

물론 꽤나 많은 수의 쉐도우 나이트가 도망치긴 했다. 산개해서 도망가는데 그걸 그리터가 다 처리할 수 없었기 때문이다.

하지만 생각해 보면 그것도 요행이긴 했다. 백에 가까운 적을 단 셋으로 괴멸시키는 것. 그건 초인밖에는 할 수 없는 짓이기 때문이다.

그리터가 없었다면 절대로 불가능했을 것이다.

"따로 생각은 없으십니까?"

"없어. 이젠 그냥 하늘에 맡겨야지. 가는 길에 제발 적이 없게 해달라고."

"…네."

처음이었다.

휘안이 방법이 있다고 예나체리에게 말한 건. 언제나 휘안은 상황을 빠르게 파악하고, 확실하진 않지만 해결책을 제시해 왔다.

하지만 지금은 아니었나 보다.

휘안은 예나체리의 물음에 바로 없다고 대답했다. 그리고 진짜 이제 휘안이 쓸 수 있는 모든 전략이 끝났다.

돌아간다?

미친 짓이다.

절대로 미친 짓이다.

돌아가면 오히려 포위될 가능성이 훨씬 늘어난다. 차라리 그것보단 한쪽에 절벽을 두는 게 훨씬 낫다.

포위라는 가정 자체가 없어지기 때문이다.

그렇다면 어떻게든 돌파구를 뚫을 수 있다. 초인이나 기사 상급의 무력을 가진 집단이 나타나지만 않는다면 말이다.

그래서 절대로 돌아갈 수 없었다. 좌로 진로를 바꾸는 것도 마찬가지다. 지금은 그저 절벽을 따라 직진.

이게 전부고, 하나밖에 없는 답이다.

그래서 휘안은 처음으로 하늘에 맡겨야 한다는 답을 내놓은 것이다.

"그리터는 중간에서 항상 활을 꺼내놓고 달려. 적이 나타나면 절대로 멈춰선 안 돼. 그리터 네가 저격하고 내가 전방에서 뚫는다. 예나체리는 그리터 좌측에서 달려. 네가 할 일이 뭔지 알지?"

"네. 그리터를 보호하는 겁니다."

"그래, 힘들겠지만… 믿는다. 방패가 있는 내가 돌파력이 위니 너밖에 없어."

"알겠습니다."

휘안의 말에 예나체리는 알았다고 대답했다.

단 셋밖에 없지만 진형은 짜야 했다.

그리터가 전방에 설 수도 없는 노릇이고, 찌르기 공격이 주 스킬인 예나체리가 전방에 설 수도 없는 노릇이다.

결국은 휘안이 최전방.

그리고 그리터가 휘안의 뒤에서 항상 저격을 준비, 예나체리는 그런 그리터를 좌측에서 보호하는 역할이다.

일단 진형은 이렇게 짰다.

"마지막일 거야. 많아봐야 한두 부대가 전부겠지. 우리를 따라잡은 부대는 많아봐야 서너 개 부대. 그중 한두 개만 매복이고 나머지는 따로 퍼져서 우릴 잡고 있겠지. 그러니 마지막. 여기만 뚫으면 되니까 다들 힘내자."

"네."

예나체리는 말로 대답했고,

"……."

끄덕끄덕.

그리터는 고개만 흔들어 대답했다.

"좋아, 30분만 더 쉬고 출발한다."

휘안은 대답을 듣고 고개를 끄덕인 후 눈을 감았다. 마인드 컨트롤, 혹은 눈을 조금이라도 붙이기 위해서였다.

그런 휘안의 모습을 보고 예나체리와 그리터도 편하게 자세를 잡았다.

30분 후면 이제 마지막 탈출이 시작된다.

그리고 30분 후의 길은 역시 순탄치 않았다.

쾅!

"절대 멈추지 말고 따라와!"

"네!"

30분 후, 그리고 다시 30분이 지난 시점에서 바로 휘안 일행은 매복조와 부딪쳤다. 다행히 많은 수의 병력은 아니었고, 궁수가 포함된 병력도 아니었다.

휘안은 달리던 속도 그대로 뛰어올라 병력의 중앙에 떨어져 내렸다.

그리고 칼과 방패를 무자비하게 휘둘렀다.

방패가 적의 턱을 치고, 검이 적의 가슴을 길게 벴다. 그러자 어느새 휘안의 주변은 뻥 뚫려 있었다.

휘익!

그 뒤를 따라 빅터, 그리터도 동시에 적의 중간으로 들어섰다. 휘안의 돌파는 확실히 그다지 뛰어난 정도는 아니었다.

파괴력 또한 마찬가지.

하지만 부족한 부분을 무구의 힘으로 커버해서 휘안은 마치 굉장한 무력을 가진 검사로 비춰졌다.

"이익! 말! 말을 공격해라!"

지휘관의 외침을 들은 휘안은 버럭 소리쳤다.

"그리터!"

핑!

"말을 공… 큭!"

항상 이런 식이다. 휘안은 전투가 일어나면 지휘관부터 공격했다. 지휘관이 있고 없고는 전투에 지대한 영향을 끼친다.

일단 명령 체계의 소실.

이걸 휘안은 항상 노렸다.

심장에 화살이 박힌 걸 보고 큭큭거리며 무너지는 지휘관을 보며 휘안은 다시 앞으로 내달렸다.

잠시의 공백.

이때가 기회라 판단했기 때문이다.

전장에서 멈칫거리는 그 찰나는 승기를 좌우한다. 남들은 모르지만 휘안은 적어도 그렇게 생각했다.

"크악!"

서걱!

용감하게 막아선 병사는 휘안의 '엔서러'에 어깨를 깊게 베이고 그대로 무너졌다. 앞을 막으려고 해도 소용없었다.

기다란 타워실드로 다가오면 또 찍어버린다. 양손을 자유자재로 사용하며 휘안은 계속해서 전진 속도를 잃지 않았다.

말을 탄 상태에서 기동력을 잃는다는 건 기마의 이점을 모조리 잃는 것과 같다. 휘안은 이걸 배우지는 않았어도 알고 있었다.

물론 뒤의 예나체리도 그냥 뒤만 따르는 건 아니었다. 그녀의 손에 들린 에스터크는 오른손, 왼손을 번갈아 오가며 적을 꿰뚫었다.

겨우 가죽 갑옷만 걸친 병사들이기에 구멍을 송송 내기에는 너무나 쉬웠다.

그리터도 마찬가지였다.

그는 활시위에 화살을 먹여놓고 둘에게 위험이 될 것 같다고 생각되는 병사들에겐 무조건 화살을 날렸다.

그래서 휘안이 좀 더 쉽게 앞을 열 수 있었고, 예나체리도 수월하게 그리터를 보호할 수 있었다.

그 결과 휘안은 매복조의 포위를 뚫었다.

"좋아! 그대로 달려!"

"네!"

매복조를 뚫는 건 어떻게 보면 쉬웠다. 일반 군인과의 무력 차이가 심했고, 휘안의 명령 덕에 지휘관을 처리한 게 아주 좋은 선택이었기 때문이다.

그렇게 다시 휘안 일행은 한참을 달렸다.

두 시간쯤을 정신없이 달렸을까.

갑작스럽게 문제가 나타났다.

"이런……."

휘안이 타고 있던 말이 따로 멈추라고 신호를 보내지 않았는데도 서서히 멈추고 있었던 것이다. 급히 고개를 이리저리 돌려 밑을 내려다보니 오른쪽 뒷다리의 허벅지 부근에 검상이 있었다. 몰랐는데 매복조의 공격이 말의 허벅지에 닿은 것이다. 그로 인해 피가 계속해서 흘렀고, 이제야 한계에 도달한 것이다.

그렇게 따지면 휘안이 타고 있는 말은 정말로 최선을 다해 줬다. 주인의 급박함을 읽은 건지, 아니면 본능인지는 몰라도 정말 최선을 다해줬다고 생각했다.

그래서 휘안은 말에게 고마운 마음이 들었다. 하지만 상황이 상황인지라 입에서 나오는 거친 말은 막기 힘들었다.

"젠장……."

현재 말을 잃는다는 건 생명을 잃는다는 소리와 똑같다.

"무슨 일이십니까?"

휘안의 말이 멈추기 시작하자 예나체리가 옆으로 따라붙으며 물었다. 그러자 휘안은 말의 옆얼굴을 바라보며 미안한 표정을 지으며 말했다.

"말이 한계야. 허벅지를 베였어."

"음, 이런 상황에……."

휘안의 대답에 예나체리는 바로 말의 허벅지를 살펴보고 침음을 흘렸다. 절벽 쪽 바다를 보니 해안가는 아직 보이지 않는다.

그럼 최소 몇 분에서 최대 한두 시간은 달려야 하는데 말이 한계에 도달했으면 상황이 나빠진다.

"영차! 수고했다."

완전히 멈춰 선 말에서 내린 휘안은 말의 갈기를 쓰다듬으며 말했다. 고마운 마음이 들었다. 저런 상처를 입고서도 두 시간이나 달렸다.

말이라고 하지만 대단한 의지력이다.

히히히힝!

그런 휘안의 마음을 알기라도 하는 듯 말은 길게 울고는 휘안의 얼굴에 자신의 얼굴에 대고 비볐다.

일종의 전우애라도 생긴 걸까.

"짜식, 데리고 가고 싶지만… 널 데리고 가는 건 너를 죽이는 길이라 그건 안 되겠다. 죽지 말고, 이제 자유롭게 잘살아라."

히히히힝!

알았다고 하는 것일까.

“제 말에 오르십시오. 말이 힘겨워하면 그리터 병사의 말
에 옮겨 타면 되니 괜찮을 겁니다.”

“그래, 지금은 그 방법밖에 없겠지.”

휘안은 말과 작별을 하고 나서 예나체리가 건넨 말에 고개
를 끄덕이며 대답했다. 이게 정답이었다.

멍청하게 ‘아니야. 혼자 가’, 이렇게 말할 때가 아니었다.
거기다가 예나체리의 체중이 가벼워서 그녀가 탄 말이 심하
게 지치지 않은 게 다행이었다.

만약 예나체리의 말도 지쳐 있었다면 휘안까지 타는 건 절
대로 불가능했을 것이다. 성인 남자가 하나 더 말 위에 올라
타면 말이 받는 체중의 압박도 늘어나 두 시간은 달릴 걸 한
시간은커녕 반시간도 못 달리게 된다.

그런 걸 따져보면 예나체리의 말이 그나마 지치지 않은 게
천만다행이었다.

“웃차!”

휘안이 가볍게 등 뒤로 올라서자 예나체리는 곧 말의 옆구
리를 박차고 다시 달리기 시작했다.

30분을 그렇게 달리고, 휘안은 다시 이번엔 그리터의 말에
올라탔다. 최대한 말에 피로를 주지 않기 위함이었다.

다시 30분.

휘안이 다시 예나체리의 말에 타기 전 문제가 일어났다.

쉭!

쉬익!

순간 어딘가에서 화살이 날아온 것이다.

"기습! 달려!"

휘안이 날아오는 화살을 방패로 막고는 바로 말의 엉덩이를 걸어찼다. 순간적인 판단이었다. 궁수들이 여기에 있다는 건 다른 병력도 있을 가능성이 높았다.

바보가 아니라면 궁수만 대기시켜 놓는 짓은 하지 않을 것이다. 휘안은 다급한 상황에 가슴 한편에서 울리는 불길한 신호를 눈치채지 못했다.

"그리터, 너도! 빨리 가!"

히히히힝!

휘안이 엉덩이를 팍 때리자 그리터의 말도 갑자기 내달리기 시작했다.

"소위님!"

"가! 멈추지 마!"

"안 됩니다!"

"시발! 가라고!"

휙!

휙!

그렇게 서로 외치는 와중에도 화살은 계속 날아왔다.

텅!

"이런 시발! 방패도 없는 게 무슨 수로 화살을 막으려고!

빨리 가라고!"

"하지만……."

"가! 나도 어떻게든 도망쳐 볼 테니까!"

"크윽……!"

휘안의 말이 맞다.

궁병부대다.

가죽 갑옷에다가 방패도 없는 예나체리와 그리터에겐 상극의 병종이다. 거기다가 수풀 속에 은신해서 잠시 상체만 일으켰다가 쏘고 다시 숨고를 반복하고 있었다.

움직이기까지 하는지 수풀이 거칠게 흔들리는 것도 보였다.

절벽가를 따라 처음부터 끝까지 이어진 이 수풀은 휘안에게 도움도 많이 되어줬지만 지금은 완전히 독으로 작용하고 있었다.

결국 예나체리는 체념했다.

휘안의 얼굴에 서린 고집을 보았기 때문이다.

"꼭! 꼭 살아오십시오!"

"알았으니까 가!"

예나체리가 다시 달리자 그리터도 휘안을 잠시 어두운 얼굴로 바라보다가 이내 예나체리의 뒤를 따라 달렸다.

달리는 말을 맞히는 건 쉽지 않다.

그리터 정도의 궁술을 지닌 궁사라면 모를까, 일반 궁병부

대에 소속된 궁병이 달리는 말을 맞힐 궁술을 지니고 있을 리
가 없었다.

거기다가 운 좋게 제대로 날아간다고 해도 예나체리와 그
리터는 각각 검, 활을 이용해 전부 쳐냈다. 최상급의 무력을
가졌기에 가능한 일이었다.

궁병의 수는 거의 이백 정도. 휘안에게도 집중 공격이 떨어
졌다. 하지만 휘안은 방패가 있다.

그는 최대한 몸을 숙여 방패를 이용해 화살 공격을 막았다.

'보병은… 없어? 혹시 수색? 그렇다면 어떻게든 나갈 수 있
어!'

휘안은 희망적인 생각을 했다.

이대로 포기할 수 없다.

'얼마나 빠른 속사가 가능할까. 그게 관건인데…… 일단
달린다!'

생각을 끝낸 휘안은 잠시의 시간이 남자 바로 몸을 일으켜
방패를 옆면에 대고 달렸다. 중요 부위는 전부 가렸으니 웬만
해선 공격에 당할 일은 없다고 생각했다.

그런 휘안의 생각은 맞아떨어졌다.

타다다다닷!

몸을 숙여 앞으로 내달리기 시작하는 휘안. 그런 휘안의 전
면으로 어느새 점이 되어 사라지는 예나체리와 그리터의 모
습이 보였다.

'무사히, 무사히 도망가라. 나도 꼭 탈출할 테니.'

저들이 비겁하다?

아니다.

이게 최선이다.

둘이 말에 함께 타서 기동력까지 떨어지고 나면 그것도 최악이다. 아니면 남아서 궁수와 맞서 싸운다? 그것도 안 된다.

궁병의 존재는 아까도 말했듯이 둘에게는 천적이다.

지금까지 휘안 일행이 부대를 격파하고 기사단을 격파하며 올 수 있었던 건 어디까지나 원거리 공격 수단이 적에게 없었기 때문이다.

좀 전에도 그들이 최초의 공격이 정확하지 않았기에 살았다고 볼 수 있었다. 운이었단 소리다. 다시 한 번 일제 사격이 떨어지면 둘은 피하지 못한다.

그럼 그냥 죽는 거다.

그러니 맞서 싸우는 것도 절대 좋은 방법이 아니었다.

둘을 먼저 보내고 휘안 자신은 따로 탈출하는 것. 이게 최선이다. 보니까 보병의 존재는 아직 보이지 않았다. 궁병만 매복시키고 다른 병력은 그 뒤쪽으로 쭉 포위망을 짜고 있을 것이다.

삐이이익!

길고 긴 호루라기 소리.

'빌어먹을!'

그 소리는 달리는 휘안의 얼굴에 균열을 만들었다. 거기다가 속으로 거친 소리까지 나오게 만들었다.

저 소리.

아마 신호일 것이다.

적을 발견했다는 신호.

조금 늦은 감이 있지만, 아마 그건 공을 독점하려는 궁병부대 지휘관의 선택이었을 것이다. 하지만 휘안에겐 이것도 좋지 않았다.

'…둘은 무사하겠어.'

수풀을 따라 일렬로 늘어선 포위망이 아니라 그 위로 늘어선 포위망이니 아마 시간이 좀 걸릴 것이다.

보병이라면 더욱더.

하지만 기병이라면?

그런 생각을 하면서 휘안은 미친 듯이 내달렸다.

핑!

핑핑!

텅!

화살은 계속해서 날아왔다. 등 뒤로 흠칫하는 느낌이 들면 휘안은 상체만 돌려 화살을 막고 다시 무조건 앞만 보고 달렸다.

"헉헉!"

갑작스럽게 전속력으로 내달리니 호흡이 순식간에 빨라졌다. 하지만 그럼에도 휘안은 멈추지 않았다.

폐가 터지더라도 지금은 달려야 할 때.

"잡아!"

"놓치지 마라!"

등 뒤에서 외치는 소리와 함께 적 궁병대가 달려오는 소리가 들렸다. 하지만 이미 휘안과의 거리는 상당히 벌어져 있었다.

이 정도 거리면 달리면서 활을 쏘는 실력이 못 된다면 궁병부대의 공격을 받을 일은 없을 것이다.

'살 수 있다!'

휘안의 머릿속에 희망이 샘솟았다. 이대로 계속 달리기만 하면 될 거라고 생각했다.

희망은 약 20분을 미친 듯이 달리자 더욱 크게 부풀었다.

지형이 조금씩 변하는 게 그의 눈에 보였기 때문이다.

'됐어! 해안가다!'

저 멀리 바다 위에 떠 있는 배가 보인다. 아마 예나체리와 그리터는 거기에 승선했을 것이다.

이제 자신만 가면 된다.

살 수 있다.

살 수 있어!

희망이 점점 커지고, 그 희망이 머릿속을 가득 메우는 그때,

두드드드드드!

저 멀리부터 먼지구름이 생겨났다.

순간 휘안의 머릿속에 가득 찼던 희망이란 단어는 싹 빠져
나가고 절망이라는 단어가 새로 유입되기 시작했다.

다리도 점점 멈춘다.

절벽을 따라 해안가로 가려면 적어도 10분은 빙 돌아 달려
야 한다. 지형 자체가 그렇다. 너무 길게 빙 돌아가게 만드는
지형이다.

하지만 저 먼지구름은?

기병대다.

휘안이 보니 어느새 먼지구름은 한층 가까이에서 일어나
고 있었다. 한눈에 보아도 상당히 거리가 좁혀졌다는 소리다.
생각하는 와중에도 거리는 점점 좁혀들고 있다.

휘안은 절망했지만, 억지로 다리를 움직였다.

하지만 그뿐이었다.

5분 정도가 지나자 기병대는 해안가로 내려가는 절벽 내리
막길 중앙을 딱 가로막은 채 천천히 속도를 줄이며 위로 올라
왔다.

멈췄다.

휘안은 절벽 아래를 슬쩍 내려다봤다.

전부 바위다.

"큭, 시발……."

어김없이 나오는 욕설.

절벽 등애에서처럼 뛰어내린다면? 살 수 있을까?

농담도……. 절대 못 산다. 바다가 아닌, 바위만 보인다. 떨어지는 순간 피 떡이 될 게 분명했다.

기병대는 천천히 휘안과의 거리를 잡고 위로 올라왔다.

그에 따라 휘안은 점점 뒷걸음질 쳤다.

그러다 보니 어느새 해안가가 시작되는 입구. 궁병대도 주변을 포위한 채 휘안을 따라 움직였다.

완벽한 포위.

퇴로는 없다.

"여기가……."

무덤.

휘안은 궁병, 기병의 압박에 결국 절벽 끝에 몰렸다. 힐끗 돌아보니 바다는 바다인데 바위가 더 많이 보인다.

거기다가 높이도 만만치 않다.

바다에 떨어진다고 해도 생사를 장담할 수 없을 만큼.

요행을 바라기엔 무리인 높이에 지형조차 더럽다.

휘안은 순간 깨달았다.

"아, 그래서… 크, 크크크."

웃음이 나온다.

이쪽으로 오지 말라고 했던 그 강렬했던 육감. 그건 경고였다. 가면 죽는다는. 아닐 수도 있겠지만 이런 상황이 되니 절실하게 느껴졌다.

"그래, 가면 내가 죽는다는 거였어."

빅터가 걱정되어 이곳으로 왔다. 결과적으로 괜한 걱정이었지만, 그게 나쁘다고 생각하진 않았다.

경고는 바로 자신의 목숨.

휘안에게 항상 날카롭게 경고했던 그 육감이 보낸 경고. 그걸 거부한 결과는 처참했다. 이건 못 빠져나간다.

"마지막이라……."

사실 실감이 잘 나지 않는 휘안이다.

하지만 인정하고 있었다. 그러자 갑작스럽게 누군가의 얼굴이 떠올랐다.

하얗고 깨끗한 백금발, 오뚝한 콧날, 살짝 찢어졌지만 그게 또 세련된 미를 자랑하는 눈.

180에 가깝지만 굴곡이 완연한 몸매.

화사하게 핀 장미.

"테일러……."

그녀가 생각났다.

그리고 마음속으로 그녀에게 마지막 말을 전했다.

들리지 않겠지만 꼭 해야 하는…….

미안, 나… 못 갈 것 같아…….

제50장
작전 종료

제국의 군인
Soldier of EMPIRE

수도를 공포에 몰아넣었던 작전이 끝난 후 두 달.

제국의 남쪽 끝에서 펼쳐진 처절한 탈출이 끝난 후 두 달.

어느새 가을에 들어선 제국의 전역에는 선선한 바람이 불었다. 세상은 수도에서 일어난 화마, 그리고 반란 때문에 떠들썩했지만 어느새 적응하고 모두가 일상으로 돌아갔다.

하지만 여기 제국 북부 울버링 성에는 일상으로 돌아가지 못한 사람들이 있었다.

"……"

"다시 한 번 말해보라. 누가 죽어?"

"휘안 소위가… 작전 중 절벽에서 떨어져 전사했습니다."

"다시, 다시 한 번 말하라……."

"휘안 소위가 작전 중 절벽에서 떨어져 전사했습니다."

"……."

울버링 성 중앙 군부.

북부를 총괄하는 군부가 있는 곳이다. 그 군부의 중앙 회의실에 모여 있는 일단의 인물들. 남녀노소 성별도 다양하고 연령도 다양했다.

거기다가 면면(面面)을 살펴봐도 엄청났다.

일단 가장 상석에 앉아 있는 여자.

찬란한 금발을 자랑하고 허리에는 한 자루 검을 찬 여자. 은빛으로 빛나며 오른쪽 가슴 중앙에 한 송이 장미가 그려진 풀 플레이트 메일을 입고 있는 이 여자.

제국이 자랑하는 영광의 기사(Glory knight).

대륙의 모든 천재들에게 천재(天災)로 불리는 대륙 최고의 천재(天才).

엘리자베스 E 알스테르담 황녀다.

그런 황녀의 왼쪽.

다부지며 날카로운 인상의 중년 사내.

제국 최고의 지략가.

수성 전쟁 전투에서는 최고의 기량을 보이며, 여태껏 단 한 번의 전쟁, 전투에서 뒤로 밀리지 않은 제국의 수문장.

진군 저지자(進軍沮止者).

달리 철혈의 벽(鐵血壁)이라 불리는 희대의 전략가.

길버트 중장이다.

끝이 아니다.

그런 길버트 중장의 정면, 황녀의 오른쪽에 보이는 중년의 아저씨.

하지만 그냥 아저씨가 아니다.

허허 하고 웃을 것 같지만 이 중년의 사내가 바로 제국 최강의 검(劍), 12검으로 이루어진 그 일인군단 중 가장 상석, 첫 번째 자리에 앉아 모두의 경외의 대상인 일검좌.

제국 최강의 검사인 지크프리트 중장이다.

한 달간의 조사로 모든 내막을 파헤쳐 알아내 홀로 북부군을 찾아온, 아니, 엘리자베스 황녀를 찾아온 지크프리트 중장이 황녀의 오른쪽에 앉아 있었다.

그리고 그 뒤도 이름만 대면 아는 군부의 인물들이 주르륵 앉아 있다.

또한 엘리자베스 황녀의 뒤.

그 뒤편에 서 있는 두 여자.

테일러와 예나차인까지.

모두가 굉장한 인물들이다.

하지만 그런 모두의 얼굴에 믿을 수 없다는 표정과 침통함까지 서려 있다. 특히 휘안을 아는 사람들의 얼굴은 더더욱 굳어 있었다.

아니, 아예 일그러져 있었다.

"믿을 수 없다. 소위가 죽다니……."

"……."

"믿을 수 없다!"

"제 눈으로… 제 눈으로 직접 봤습니다."

"……."

까드득!

황녀의 입에서 거칠게 이 갈리는 소리가 들렸다. 그녀가 아는 휘안은 이렇게 죽어서는 안 되는 사내다.

처음의 만남에서는 그냥 재미있는 사내로 봤다. 겁없이 율리아나에게 막말을 쏟아부은 휘안. 그 당시의 휘안은 정신이 제대로 잡혀 있지 못해 거의 반 미치광이였지만 그걸 모르는 황녀에겐 그저 신선하게 보였다.

다음의 대화에서는 파격을 달렸다.

율리아나가 아닌 자신에게 거의 미쳐 막말을 날렸다. 당시 정신이 거의 나가 있던 황녀라 가만히 놔뒀지, 아니었다면 그 자리에서 목을 쳐도 할 말이 없는 짓을 저질렀다.

자신의 상황을 들은 그 사내는 결국 해결책을 제시했다.

복수에 가담하겠다고, 자신을 이렇게 더러운 상황에 몰아넣은 프리드리히에게 복수하겠다는 마음으로 해결책을 제시했고,

채 일 년이 지나기도 전에 멋지게 성공했다.

메리힘 황녀는 무사히 북부군에 도착했고, 자신 또한 무사히 북부군에 도착했다. 이게 전부 휘안이라는 이름을 가진 군인이 이룬 결과다.

죽을 작전에 뛰어들어 멋지게 그 모든 걸 해결해 놓고 정작 자신은 돌아오지 못했다. 황녀는 그래서 그를 이렇게 잃기 싫었다.

그만 좋다면 부마(駙馬)의 자리까지 허락할 생각이었다.

그가 해준 걸 생각하면 그 정도는 충분했고, 황녀 스스로도 그는 진실로 마음에 드는 사내였다.

그런데 죽었단다.

믿을 수 없다고 했더니 직접 봤다고 한다.

"그의… 으드득! 그의 최후를 알려다오."

"네……."

황녀의 말에 대답한 예나체리.

그녀는 두 달 전의 상황을 회상했다.

예나체리와 그리터는 휘안을 홀로 남겨두고 무작정 앞만 보고 달렸다. 그렇게 달린 지 10분도 채 안 되어 해안가로 내려가는 내리막길이 보였다.

지형은 굉장히 특이해 육지 쪽으로 쭉 크게 반월형을 이루고 있었고, 그 길도 굉장히 길었다.

까드득.

'같이 왔다면… 다 왔는데……'

지형을 몰랐으니 어쩔 수 없는 판단이었고, 결과적으로 그녀 스스로도 휘안의 결정이 맞는다고 생각했다.

하지만 그 순간 예나체리는 휘안이 내린 선택이 틀렸다고 조금씩 느끼고 있었다.

마음이 편치 않았다, 마음이.

가장 중요한 마음이 편치 않으니 그녀의 얼굴은 처참하게 일그러져 버렸다. 그래도 마음속으로는 휘안을 믿고 있었다.

믿고 있었다.

평상시에는 그냥 평범한 사내지만, 한 번 열 받으면 미쳐 날뛰고, 또한 분노하면 악귀처럼 잔인하고 냉정해지는 사내.

그리고 위기에 강한 사내.

절벽에 떨어지고서도 생환한 그를 생각하면 이번에도 그는 무사히 돌아오리라.

그렇게 믿었다.

끼이이이이이이이!

귀를 찢는 귀곡성이 들렸다.

흠칫 놀라 대비를 하는 예나체리, 그러나 적은 아직 육안에 잡히지 않았다. 대신 절벽 쪽 바다를 타고 배 한 척이 빠르게 다가왔다.

속도를 중시한 경 카락선이다.

빠르게 다가온 배가 해안가 쪽으로 오자, 예나체리는 말을 재촉해 빠르게 달렸다. 그리고 해안가에 도착하자마자 말에서 내렸다.

흠칫.

발이, 발이 안 떨어진다.

저 멀리 보이는 언덕 너머에 있을 휘안이 너무 걱정되어 발이 도저히 떨어지지 않는다. 하지만 그런 예나체리를 재촉하는 목소리.

"빨리 타십시오! 시간이 없습니다!"

으드득!

배에서 들려온 그 목소리에 예나체리는 그리터를 반사적으로 바라봤다. 그런데 그리터의 시선은 이미 저 멀리 언덕에 있다.

그 또한 걱정된 것이다.

"빨리요! 지금 출발해야 합니다! 언제 적들이 배를 이끌고 추격해 올지 모릅니다!"

'시발……. 소위님, 어떡해야 합니까.'

그녀는 태어나 처음으로 속으로지만 시발이라는 단어를 입에 담았다. 그만큼 현재 상황은 답답하고 암담하기 이를 데 없었다.

하지만 어차피 선택의 카드는 딱 하나였다.

휘안이 했던 말.

가라고 했던 그 말.

그 말은 먼저라도 탈출하라고 하는 뜻을 우회적으로 돌려서 한 말. 굳이 말로 듣지 않아도 절로 알게 되는 그의 외침.

여기서 돌아가는 짓은 병신 짓이다.

그의 각오를, 그의 선택을 짓밟는 짓이다.

"배에… 배에 탑승한다, 그리터 병사."

휙!

예나체리의 그 말에 그리터의 고개가 획 돌아가면서 예나체리에게 고정됐다. 진짜냐고 묻고 있었다, 그리터의 눈은.

까드득.

우드득.

이가 절로 갈리고 주먹이 으스러져라 쥐어졌다.

"나라고… 나라고 타고 싶은 줄 아나? 지금 당장에라도 저기로 달려가고 싶다! 지금 당장에라도! 하지만… 가면 안 된다. 우린 저 배에 타야 한다. 그게 소위님의 뜻이기 때문이다, 병사."

"……."

그리터의 눈이 슬프게 변했다.

그도 알고 있는 것이다.

현재 상황은 그렇게 해야 했음을.

"소위님이다. 제국의 미친개라고 불리는 휘안 소위님이다! 반드시, 반드시⋯⋯. 그러니 일단 배에 승선한 다음 기다린다."

"⋯⋯."

끄덕.

미미하지만 예나체리의 단호한 말에 결국은 위아래로 그리터의 고개가 흔들렸다. 알겠다는 뜻이다.

둘은 바로 바닷물로 뛰어들었다.

헤엄은 기본이다.

산에서 살았던 그리터도 헤엄은 칠 줄 알았다.

어느 정도 배에 다가가자 밧줄이 휙 하고 날아왔다. 예나체리와 그리터가 그 밧줄을 잡자 배 위에서 거지들이 밧줄을 잡아당겼다.

순식간에 배로 끌려가 배에 오른 둘.

"헉헉! 지휘자가 누굽니까?"

배에 올라서자마자 예나체리는 호흡을 가다듬고 지휘관을 찾았다. 버릇이다. 군인이다 보니 지휘관부터 찾는 버릇.

"접니다. 제가 거지들을 이끄는 왕촙니다."

"당신이⋯⋯."

예나체리의 물음에 뒤에서 바퀴 달린 의자에 앉아 있는 거지 왕초가 나타났다. 흉측한 얼굴. 얼굴 곳곳에 화상 자국이 가득했다.

극히 혐오스러운 얼굴이다.

"휘안 소위님은 어디 계십니까? 못 오신 겁니까?"

"아직 언덕 위에 있습니다. 출항을 잠시 멈춰주십시오."

"불가합니다."

챙!

거지 왕초의 단호한 말에 예나체리가 바로 에스터크를 뽑아 왕초의 목젖에 겨눴다. 순간 주변에 있던 거지들이 놀라며 제각각 무기를 꺼내 들었지만 왕초는 손을 들어 거지들의 행동을 멈췄다.

그리곤 다시 예나체리를 보며 말했다.

"후우, 당신의 마음은 잘 압니다. 하지만 지금 출발해야 합니다. 아니면 적의 추격선이 따라붙을 겁니다."

"잠시만… 잠시만 기다려 주십시오."

예나체리도 알고 있었다.

바보가 아닌 이상에야 추격선의 존재 여부는 당연히 생각했다. 아니, 작전을 구상하는 처음부터 해로로 도망치더라도 추격이 따라붙을 거라 예상했다.

하지만 알고는 있어도 수긍은 못한다.

아직 휘안이 오지 않았기 때문이다.

톡톡.

순간 예나체리의 어깨를 누가 톡톡 쳤다. 고개를 돌려보니 그리터다. 그리터는 한 손은 예나체리의 어깨를 쳤고, 다른 한 손은 어딘가를 가리키고 있었다.

그 손을 쫓아가 보니 그가 보인다.

저 언덕 너머에서 검은 점 하나가 해안가를 타고 내려오고 있다.

"소위님!"

희망이 번쩍인다.

휘안이 보인다. 궁병대를 따돌리고 해안가를 따라 내려오고 있었다. 하지만 하늘도 무심하시지, 그 희망을 짓밟는 절망이 나타났다.

저 끝에서부터 일어나는 먼지구름.

예나체리는 먼지구름을 보자마자 순식간에 전부 깨달아 버렸다.

먼지구름은 무언가가 빠르게 다가오고 있다는 것을 의미한다.

그리고 또한 보병이 달려서는 저런 먼지구름이 일어날 수 없다는 것.

그렇다면 저건 기병대.

"안 돼……."

스스로도 자각 못한 사이 절망 어린 말이 예나체리의 입술에서 흘러나왔다. 흔들리는 동공, 바르르 떨리는 어깨. 스스로가 의식하지도 못한 사이 예나체리의 몸에 나타난 반응이다.

먼지구름은 굉장히 빠른 속도로 휘안과의 간격을 줄였다.

"안 돼……."

그리고 해안가 중간에서 휘안의 앞길을 막았다.

홀로 외롭게 보이는 검은 점, 휘안은 점점 뒷걸음질 쳤다. 그러더니 결국은 절벽 끝에 몰렸다.

최악이다…….

"안 돼……."

예나체리는 계속 안 돼 이 한마디만을 반복했다.

하지만 예나체리가 안 된다고 중얼거려 봐야 상황이 변하는 건 없었다. 이 절망의 상황은 그 누구도 바꿀 수 없었다.

신이 존재하지 않는 이상.

화살이 검은 점을 노렸다.

절벽 뒤로 날아가는 화살이 그 증거.

하지만 검은 점은 쓰러지지 않는다.

그가 가진 방패로 방어하고 있는 것이다. 목숨을 내주지 않는다.

하지만 잠시 후,

해안가 쪽에서 치고 올라간 기병 하나가 길쭉한 기병창으로 휘안을 강타. 피는 튀지 않는 걸로 보아 직격당하지는 않았다.

아니, 아니다.

직격당했다.

방패에.

검은 점이 뒤로 훅 밀렸다.

"어, 어어……."

뒤는 절벽.

검은 점은, 휘안은 그대로 절벽에서 떨어졌다. 절벽 밑 바다에는 바위가 많다. 그런 바위에 부딪혀 파도가 곳곳에서 일어나는 게 그 증거.

자유 낙하.

아무것도 없이…….

"아, 아아……."

마치 세상이 느려지는 것처럼 예나체리는 검은 점을 좇았다. 그리고 결국 봐버렸다, 바위에 튕겨 다시 하늘로 올라갔다 바다 속으로 사라지는 휘안을.

"안 돼! 으아아아아아!"

예나체리는 그렇게 소리를 지르다 시야가 검게 변하는 걸 느꼈다. 과도하게 올라간 혈압이 그녀의 의식을 강제로 육체와 단절시키려고 했던 것이다. 더 이상 올라가면 뇌가 터질지도 모르니까.

"우, 우어어어어어……!"

기절하면서 그리터의 짐승 같은 울부짖음을 듣는 걸 마지막으로 그녀의 그날의 기억이 끊겼다.

그게 그녀가 기억하는 휘안의 '최후' 다.

"이게 제가 기억하는 휘안 소위님의 마지막입니다."

그녀는 그날의 기억을 떠올려서 하나도 남김없이 솔직하게, 담담하지만 눈은 충혈되어 터질 것 같은 상태에 몰려 이야기를 꺼냈고, 지금 마무리했다.

"……."

"……."

예나체리의 이야기에 좌중은 침묵. 세상 그 어떤 것보다 무거운 바위에 짓눌린 것처럼 무거운 침묵이 흘렀다.

얼마나 흘렀을까.

그 누구도 말을 꺼내지 못했다.

하지만 정적은 어느 누군가에 의해선 반드시 깨어지게 되어 있다. 누가 깼을까? 황녀 엘리자베스가? 아니면 길버트 중장이?

아니다.

전혀 예상도 못한 인물이 깼다.

털썩.

"어, 이, 이보게!"

"테일러 경!"

"테일러!"

휘안의 마음속 여인.

고백하지 않았지만 서로가 서로를 가슴에 둔 연인.

테일러의 기절로 정적이 깨졌다.

"……"

예나체리는 눈을 질끈 감았다.

또르르르.

그녀의 눈에서 떨어지는 눈물은 테일러의 기절에 가려져 누구에게도 들키지 않았다. 그리고 그 순간, 그녀는 전혀 몰랐던 자신에 대한 새로운 사실을 깨달았다. 하지만 그 깨달음은 너무나 늦었다.

돌아오지 못한 군인.

제국의 미친개, 북부군 소속 소위 휘안.

그는 작전에서 복귀하지 못했다.

*   *   *

제국 알스테르담의 중앙.

수도 황궁.

그 안의 화려한 서재에서 한 남자가 누군가에게 보고를 받고 있었다.

"미친개가 죽었다고 합니다."

"확실한가요?"

"네, 절벽에서 떨어져 바위에 부딪혔다 합니다. 그곳 높이를 고려해서는 절대 살아날 수 없을 겁니다. 살아남았다 하더라도 바위에 부딪혔으니 아마 사지가 몽땅 부러졌을 겁니다. 폐인이나 다름없습니다."

"흐음, 그거 다행이군요."

사락.

책장을 넘기며 그다지 감흥 없는 얼굴로 다행이라 내뱉는 미남자.

제국의 삼황자 프리드리히 E 알스테르담이다.

뱀의 그 기분 나쁜 느낌보다 더 차가운 눈으로 책장을 넘기는 삼황자. 그의 반응에 보고하는 인물, 새로운 머큐리는 섬뜩함을 느꼈다.

"동부군은 어떤 상황입니까?"

"엘리자베스 황녀가 장악한 걸로 보입니다."

"후우, 결국 그렇게 됐군요. 윌리엄스 중장이 이끄는 남부군은 여전히 중립인가요?"

"네, 자신의 임무는 악시온으로부터 제국의 남부를 지키는 거라고 서신을 보내왔습니다. 결국 저희 편에는 서지 않겠다는 말과 다름없습니다."

"흐음, 서부군은 움직이겠습니까?"

"네, 서부군은 확실히 황자님의 편에 서겠답니다."

"그렇군요. 그래… 그럼 괜찮겠습니다. 후후."

내전.

내전이 벌어지려 하고 있었다.

"서부를 지키는 최소한의 병력만 남겨놓고 이쪽으로 오라고 하세요. 아, 그리고 북쪽에 서신을 보내세요."

"네, 알겠습니다."

"그럼 나가보세요."

"네."

축객령에 머큐리는 고개를 깊숙이 숙여 인사하고는 그대로 삼황자의 서재를 나갔다. 머큐리가 나가자 책을 딱 소리가 나게 접는 프리드리히 삼황자.

곧 자리에서 일어나 창문으로 다가가 창문 밖 넓게 펼쳐져 있는 황궁을 바라봤다.

"그럼… 누님, 누가 제국의 주인인지 가려볼까요? 후후, 후후후."

낮고 음산한 그의 말과 웃음소리가 서재를 감돌다 사라졌다.

전쟁은 지금부터 시작이다.

＊　　＊　　＊

거친 천으로 쳐져 있는 군막.

그 군막 안에는 강인해 보이는 중년 사내가 있었다.

점령자(占領者) 챠이.

이 사내의 정체다.

"사령관님, 나락탑니다."

"들어와라."

촤라락.

챠이의 허락에 군막을 헤치고 들어온 나락타.

"알스테르담에서 서신이 왔습니다."

"이리 주게."

"네."

공손한 자세로 서신을 챠이에게 건네는 나락타. 서신을 받은 나락타는 천천히 그걸 풀어 헤쳐 읽었다.

한참 동안 읽던 챠이는 그걸 곧 탁자 위에 탁 소리가 나게 내려놓았다.

그리고 일어나 막사 밖으로 나가 그 앞에 있는 북을 스스로 직접 쳤다.

둥……!

둥……!

둥……!

세 번을 연달아 북을 친 챠이는 눈을 감고 한참을 기다렸다.

시간이 얼마 지나지 않아 북이 있는 언덕 밑으로 수많은 병사들이 모여들었다.

　시간이 됐음을 느낀 챠이는 눈을 뜨고 언덕 위에 오연히 서서 밑을 바라봤다. 그 밑에 보이는 건 강인한 초원의 전사들.

"후우……."

가슴을 곧게 펴고 심호흡을 하는 챠이.

때가 왔다.

드디어 챠이에게 하늘이 마지막으로 주는 기회가 왔다.

"전군… 출진!"

우와와와!

챠이는 곧 뒤돌아서 하늘을 봤다.

무수히 떠 있는 별무리.

천명이 보였다.

대륙을 짓밟기 위해 태어난 자신의 운명이.

＊　　　＊　　　＊

대륙력 2013년 11월.

점령자 40만 병력으로 페헤른 항구 급습.

진군 저지자 이하 북부군 35만 출진.

대륙력 2013년 12월.

팔브로케 소장 서부군 30만, 수도군 8만, 도합 38만 이끌고 동부 진격.

　엘리자베스 황녀 이하 동부군 30만 출진.

　제국력 2014년 1월.

　내전, 전쟁 발발.

『제국의 군인』 1부 완결

Lord of MAGIC TOWER
마탑의 영주

유왕 퓨전 판타지 소설

최대 장르 사이트 문피아 선호작 베스트!
작가 유왕이 그려내고,
청어람이 펼쳐내는 신마법의 세계!

『마탑의 영주』

마법이 사라지고,
드래곤은 환상 속의 신화가 되어버린 세계.
누구도 그 흔적을 알지 못하는 세계.

"마법이 사라졌다고? 누가 그래? 내가 있는데!"

위대한 마법사이자 마지막 마법사인
스승의 진전을 이은 카르!
황폐해진 영지를 되찾고, 마법사들의 꿈인 마탑을 세워라!
세상에 오직 하나뿐인 새로운 마법의 시대를 여는
독보가 펼쳐진다!

TURNING POINT

홀로선별 장편 소설

영빈!
동정의 몸이 되어
20년 전으로 회귀하다!!

나이 서른아홉 모든 것을 잃고 한강 다리 위에 올랐다.
검푸르게 넘실거리는 깊은 물을 대면한 순간.

운.명.은 이루어졌다!

정령의 힘으로 결의한 지금
새로운 인생의 전환점을 넘어 미래가 펼쳐진다!

『터닝 포인트』

홀로선별 작가의 새로운 도전이 펼쳐진다!

LEGEND OF SWORD EMPEROR

검황전설

미르나래 판타지 장편 소설

2012년, 판타지가 또 한 번 깨어난다.
지금껏 보지 못한 격정과 치열함의 드라마!

『검황전설』

검의 극. 검이 태어나기 전의 장소.
그곳에 도달한 자를 '검의 황제'라 부른다.

괴롭힘 당하던 나약함을 벗고
치우천왕의 능력을 받아
오롯하게 검의 길을 향해 달려가는 아리안!

검의 극을 이룬 자, 검황이라 불릴
아리안이 이끄는 그 전설에서
눈을 떼지 말라!